Bern

# My[...]
# la Vallée des Rois

Illustrations de Ludovic Le Goff

Rageot-Éditeur

*Pour Thierry Noyé, cet éternel enfant…*

**folio**
junior

© Rageot-Éditeur, 1983, pour le texte
© Éditions Gallimard Jeunesse, 1995, pour les illustrations
© Éditions Gallimard Jeunesse, 2007, pour le supplément
© Éditions Gallimard Jeunesse, 2007, pour la présente édition

– Maudit soit le téléphone ! s'exclama Romain Caire en bondissant hors de la baignoire.

Tout mouillé encore et grelottant, il courut dans le bureau pour décrocher le combiné dont la sonnerie insistante trahissait immanquablement un appel du patron.

– Alors, Caire, vous dormiez ?...

– Non, monsieur, non... je prenais un bain...

– Vous croyez que c'est une heure pour trempouiller dans l'eau tiède, bougre de fainéant ?... Habillez-vous, sautez dans un taxi et passez au journal, tout de suite !... Tout de suite, vous m'entendez !

Avant même que Romain ait pu prononcer le moindre mot, le patron avait raccroché.

– À vos ordres, chef !... à vos ordres ! bougonna-t-il en s'habillant. Il n'y a décidément que les jours où je suis en congé que « le vieux » a besoin de moi.

Une demi-heure plus tard, après un périlleux gymkhana dans les embouteillages habituels de l'après-midi, sur les Champs-Élysées, un taxi déposait Romain Caire devant l'immeuble de *Paris-France*. Le journal était en pleine effervescence, comme tous les jours, avant la sortie de la première édition du soir. Rédacteurs, photographes et porteurs de dépêches couraient dans les couloirs, d'un étage à l'autre, dans la plus invraisemblable des confusions. Romain salua deux ou trois amis au passage, et se fraya un chemin vers le bureau du directeur à travers la cohue enfiévrée de ses confrères.

Parvenu au quatrième étage, un peu essoufflé, il s'arrêta un instant devant la lourde porte capitonnée de cuir fauve qui donnait accès au « saint des saints », précédé d'une minuscule pièce sans fenêtre où trônait Bénédicte, la secrétaire-cerbère du patron.

Romain passa la main dans ses cheveux encore humides pour remettre un peu d'ordre dans ses mèches rebelles, et poussa la porte. Bénédicte n'était, comme on dit galamment, « ni belle ni laide ». Cette absence de physique remarquable était compensée par de grands yeux verts, éclairés aux mille feux de la malice, et par une intelligence aiguë, prompte à rire de tout et d'abord d'elle-même. Elle sursauta à l'entrée de Romain et rangea avec une lenteur étudiée ses mots croisés sous une pile de dossiers. Elle détestait les mots croisés, dont elle n'avait jamais pu terminer une grille, mais elle tenait là le moyen de faire enrager M. Desroches à peu de frais. Entre eux, c'était un jeu convenu dont l'inutile répétition les amusait absurdement.

– Salut, Caire ! Comment vas-tu ?…

– Très bien, ma belle ! De quelle humeur est « le vieux » aujourd'hui ?

– Exécrable, comme d'habitude. Pourquoi veux-tu qu'il en soit autrement ?

Ils échangèrent un regard amusé en s'embrassant sur les deux joues. Puis, se reculant de quelques pas, Bénédicte considéra Romain en éclatant de rire.

– Comment as-tu fait pour prendre la pluie, alors qu'il n'est pas tombé une goutte d'eau depuis un mois ?

– Figure-toi que je sors de mon bain…

– Pauvre bébé ! plaisanta Bénédicte.

Depuis six mois qu'elle travaillait au journal, Bénédicte avait résolument jeté son dévolu sur Romain. Elle était attendrie par ce grand garçon brun et timide, coiffé de boucles capricieuses, et qui paraissait dix ans de moins que son âge. Ce qui, pour un jeune homme de vingt-cinq ans, ne faisait pas très vieux ! Mais elle était touchée davantage encore par son bleu regard de myope, éternellement perdu dans le vague des songes. Bénédicte prenait Romain pour un poète, l'espèce virile la plus sensible au cœur des femmes.

« Elle est amoureuse de moi ! » pensa fièrement Romain, en pénétrant dans le bureau de M. Desroches.

– Caire ! Vous voilà enfin… Vous en avez mis du temps ! hurla le patron sans prendre la peine de quitter son fauteuil pour accueillir Romain.

– Monsieur… les embouteillages…

– Je me fous des embouteillages, Caire ! Vous n'avez qu'à dormir au bureau ! À votre âge, j'étais garçon d'imprimerie, et je couchais entre les presses. C'est comme ça que je suis devenu ce que je suis… Ne vous fatiguez pas, je vous entends penser ! Je suis peut-être devenu un vieil imbécile mais je suis toujours votre patron, sacré nom ! Asseyez-vous ! et n'ouvrez plus la bouche…

– Mais…

– Caire ! Vous êtes le meilleur des jeunes reporters que j'ai engagés ces dernières années… Inutile de me remercier, c'est gratuit : vous n'aurez pas d'augmentation !

Romain esquissa un sourire en se tortillant sur sa chaise. La gentillesse bourrue de M. Desroches le mettait toujours un peu mal à l'aise. Et l'admiration qu'il vouait à l'un des plus grands patrons de presse de la capitale n'allait pas sans une certaine gêne devant ses façons tyranniques, nuancées d'un paternalisme non moins irritant.

– Jeune homme ! reprit M. Desroches, nous sommes au mois d'août et je vous trouve bien pâli-

chon, vous avez besoin de soleil. Et votre frais minois un peu bronzé n'en sera que plus cher à Mlle Bénédicte qui reste persuadée que je la paie à faire des mots croisés.

– Monsieur…

– Ne vous défendez pas… Elle ne manque pas de charme, nous sommes au moins d'accord sur ce point… Mais je ne vous ai pas fait venir pour vous entretenir de vos aventures galantes. Caire, vous partez demain pour l'Égypte ! Vous allez me torcher une série d'articles qui fera date dans l'histoire de l'archéologie !

– Je ne connais pas l'Égypte…

– Raison de plus ! Un peu de curiosité, jeune homme, c'est le plus beau pays du monde… avec tous les autres. Bref ! Mon grand ami d'enfance, le professeur Fulvio Mancuso, s'apprête à y faire la plus étonnante découverte depuis celle du tombeau de Toutankhamon, en 1922… N'essayez pas de vous souvenir, votre grand-père n'était pas né…

Posant son cigare sur le rebord du bureau, M. Desroches brandit sous le nez de Romain un index menaçant :

– C'est un reportage con-fi-den-tiel, vous m'entendez ?… Ultra-secret ! Le professeur Mancuso est en train de mettre au jour le trésor d'Hatshepsout.

– Hatshep quoi ?…

– Hatshepsout ! Jeune crétin analphabète ! Et je vous interdis d'éternuer le nom de la plus extraordinaire femme de l'Égypte ancienne. Une femme pharaon qui a régné comme un homme, il y a de cela trente-cinq siècles !… Votre arrière-grand-père n'était pas né. Une femme éblouissante qui a usurpé le pouvoir suprême pendant vingt-deux ans, et s'est fait construire le plus merveilleux temple de l'histoire, au flanc d'une montagne désertique. Une reine ! jeune homme, plus belle, plus riche, plus puissante encore que la grande Cléopâtre.

— Excusez-moi, mais je ne comprends pas ce que cela a de si confidentiel…

— Caire ! Vous êtes très bête, mais je vais prendre la peine d'éclairer votre lanterne. Ce qu'il y a de confidentiel, c'est que je n'ai pas prévenu le professeur de votre arrivée… Je m'explique. Il y a deux mois, j'ai reçu une lettre de mon ami Mancuso, me parlant de ce fichu trésor qu'il se faisait fort de mettre au jour pendant ses vacances, comme d'autres vont à la pêche aux écrevisses dans les monts d'Auvergne… L'excellent homme me tient au courant de ses travaux depuis vingt ans. Comme vous le savez – d'ailleurs vous ne le savez pas, car vous ne savez rien ! – l'archéologie, c'est mon péché mignon… Bref ! Depuis cette lettre, je n'ai aucune nouvelle, mais j'ai su par l'ambassade que ce fieffé conspirateur était bel et bien en Égypte et qu'il piochait le sable comme un perdu. Si, comme je le crois, il arrive à ses fins, nous tenons là un reportage exclusif qui fera pâlir de rage tous nos

11

confrères. Pensez que vous allez pénétrer dans un endroit inviolé depuis trois mille cinq cents ans, pour y découvrir un trésor inestimable ! Si ça ne vous suffit pas, je vous remets aux chiens écrasés, sacré nom !

— Il faudrait peut-être prévenir votre ami… proposa prudemment Romain.

— Que non ! explosa M. Desroches, en roulant des yeux terribles. L'animal déteste la presse autant que moi les tripes à la mode de Caen !… Vous allez lui faire la surprise de débarquer sur ses fouilles, jouer les touristes demeurés et séduire le bonhomme, au point qu'il ne pourra plus se passer de votre délicieuse compagnie.

L'idée paraissait quelque peu loufoque à Romain, mais il avait appris à ne plus discuter les innombrables facéties éditoriales de son patron.

— Et s'il m'accueille à coups de pied aux fesses ?

— Ce sera un bien doux traitement, comparé à celui que je vous réserverai à votre retour !

« Voilà le reportage le plus stupide qu'il m'ait jamais proposé, pensait amèrement Romain. Du bouche-trou estival pour apprenti journaliste au chômage. La vraie poisse ! »

Comme s'il avait deviné le désappointement de son reporter, M. Desroches poursuivit :

— Ne vous méprenez pas, Caire ! C'est un « grand » reportage que je vous offre là. Hatshepsout peut nous tenir la une pendant quinze jours… L'Égypte est toujours à la mode, et le trésor enfoui d'une pharaonne va passionner les foules. Soixante ans après, il paraît encore deux livres par mois sur le trésor de Toutankhamon…

Toujours aussi peu convaincu, Romain fit cependant l'effort de bredouiller :

– Merci… monsieur ! Merci…

Le patron esquissa une grimace en guise de sourire et ramassa son cigare, dont il tira une longue bouffée opaque.

– Votre avion décolle en fin de matinée, demain. Dans dix jours, vous me remettrez votre article, agrémenté de photos sensationnelles ; et dans deux semaines, *Paris-France* vous devra peut-être son meilleur reportage de l'année.

Romain fit un petit signe de la tête, un acquiescement muet, plein d'une modestie affectée qui dissimulait mal sa morgue et sa mauvaise humeur.

– Attention, Caire ! Je sens bien que vous ne mesurez pas l'importance de votre mission. Ce n'est pas grave, vous comprendrez plus tard !… Soyez prudent tout de même, un trésor, ça attire bien des convoitises. Et cet écervelé de Mancuso, en bon Italien farfelu qu'il est, peut se faire souffler sa découverte sous le nez. Surveillez-le pour moi !… Comme tous les savants, il ignore la valeur marchande de ce qu'il trouve. Mais d'autres peuvent y penser pour lui…◗ Contrairement à ce que vous croyez, je ne vous envoie pas dans un musée, mon garçon !… Et puis,

Louxor, c'est le désert et, au mois d'août, dans le désert, il fait cinquante degrés à l'ombre… Au moins vous n'aurez pas froid ! Et maintenant, rompez ! Je ne veux plus vous voir, j'ai du travail, moi !

Romain se leva de sa chaise et recula jusqu'à la porte. Dans l'entrebâillement, il aperçut Bénédicte, penchée sur ses mots croisés. Il était sur le point de sortir lorsque la voix hésitante du patron le rappela.

– Caire !

– Oui, monsieur ?

M. Desroches affichait son air des grands jours : solennité et componction.

– Sérieusement, Caire, s'il y a le moindre problème, n'hésitez pas à me prévenir. J'arrangerai tout avec Mancuso…

– Oui, monsieur.

– À présent, du balai ! Disparaissez !

Dans l'antichambre, Bénédicte jubilait.

– Alors, Romain tu pars pour l'Égypte ?

– Comment le sais-tu ? affecta de s'étonner Romain.

– Écouter aux portes est le premier devoir d'une bonne secrétaire, ânonna-t-elle avec une feinte niaiserie. Tu me rapporteras un souvenir ?

– Qu'est-ce que tu veux ?… Une pyramide, un chameau ou une momie ?

– Mets la momie sur le chameau, le chameau sur la pyramide, et fais-moi un joli paquet-cadeau !… Allez, porte-toi bien, Romain l'Égyptien !

# 1

L'aéroport de Louxor, perdu dans les pierrailles du désert arabique, allait fermer ses portes. Il y avait plus d'une heure que Romain Caire faisait les cent pas, dans l'attente d'un improbable taxi. Il était arrivé par le dernier vol, et seuls les groupes de voyages organisés avaient pu bénéficier des moyens de transport. Dans le hall, une femme cassée en deux passait nonchalamment une serpillière sur le dallage poussiéreux.

– Ça commence mal, maugréa Romain. D'abord, je vais imposer ma bobine à un type qui n'a certainement aucune envie de me voir, et ensuite je ne suis même pas fichu de trouver une voiture ou un bourricot pour me conduire à son hôtel!… Je suis le dernier des imbéciles d'avoir accepté cette mission non moins imbécile que moi!…

Romain en était là de ses réflexions, lorsqu'il vit s'approcher l'hôtesse du service d'accueil.

– Puis-je vous être utile à quelque chose, monsieur?

– Non… merci! Enfin, oui… Est-ce que vous pourriez m'indiquer comment me rendre à l'hôtel Habou ?

— L'hôtel Habou ! s'exclama la jeune femme, mais c'est de l'autre côté du Nil, dans le désert... Vous êtes sans doute archéologue ?

— Pas exactement, balbutia Romain...

— En tout cas, vous n'êtes pas un touriste ordinaire, reprit l'hôtesse. Vous devez aimer la solitude. L'hôtel Habou est situé à la limite du désert et des terres cultivables, dans un endroit très isolé... et magnifique. Pour vous y rendre, le seul moyen est de louer une bicyclette à Louxor. Puis vous prendrez le bac pour traverser le Nil et, une fois sur l'autre rive, vous aurez encore quatre ou cinq kilomètres à faire pour arriver à l'hôtel Habou... Ce n'est pas une expédition bien terrible, mais vous n'avez plus de temps à perdre avant que la nuit tombe.

Romain fut un peu décontenancé par les paroles de la jeune femme.

— Vous ne savez pas monter à bicyclette, peut-être ? plaisanta-t-elle.

— Si ! si !...

— Alors je vous propose de m'accompagner jusqu'à Louxor où je vous indiquerai un loueur pas trop malhonnête. J'ai fini mon service, j'allais partir... Ma voiture est devant l'aéroport.

En moins d'un quart d'heure, ils furent à Louxor. Les rues, crevées d'ornières boueuses, bordées d'échoppes sombres, dégorgeaient une foule paresseuse qui se frayait tant bien que mal un chemin dans le flot anarchique des voitures, des charrettes à âne, des vélos et des autobus touristiques. L'air torride, où tourbillonnaient des nuages de poussière et de sable, charriait des effluves de viande grillée, d'épices et de menthe. Des enfants, en pyjama déchiré et crasseux, couraient en portant sur la tête d'énormes couffins tressés, débordant d'oranges ou de citrons. Devant la gare, un troupeau de chameaux efflanqués, grossièrement bigarrés à l'encre violette, attendaient patiemment leur tour d'équarrissage. Aux terrasses des cafés, de vieux Arabes, très dignes dans leur *galabieh* blanche, la tête enturbannée, sirotaient un verre de thé ou de carcadé en se repassant de l'un à l'autre le long serpentin d'une pipe à eau.

— Vous n'êtes jamais venu en Orient ? demanda la jeune femme.

— Jamais… C'est extraordinaire ! murmura Romain qui se reprocha aussitôt la banalité un peu sotte de sa réponse.

— Je suis sûre que ça vous plaira beaucoup ! dit-elle, dans un sourire.

Derrière le temple d'Amon, dont les hautes colonnades papyriformes se reflétaient dans les eaux brunes du fleuve, la jeune femme arrêta sa voiture. Elle accompagna Romain chez le loueur de bicyclettes puis, après lui avoir indiqué une dernière fois le chemin, prit congé de lui, sur le ponton de l'embarcadère.

17

Un vieux bateau à vapeur, crachant et toussant de tous ses moteurs, accosta bientôt. Poussé, bousculé, presque porté par une vague humaine hérissée de balluchons et de cageots, encombrée de l'attirail le plus hétéroclite, Romain se retrouva assis sur une banquette de bois, coincé entre deux grosses femmes au visage tatoué, qui lui jetaient des regards curieux.

« Et dire que, ce matin encore, j'étais à Paris !

pensa Romain. La transition est un peu brutale, mais bon sang ! je sens que je vais aimer ce pays. »

Le vapeur glissait lentement sur le Nil dans un tintamarre assourdissant où les voix criardes des femmes couvraient à peine le braiment extatique d'un âne, campé au milieu des passagers, et les frénétiques caquètements issus d'une pile de cageots, surpeuplés de volailles et de canards. Des calèches, qui ressemblaient à distance à des jouets d'enfant,

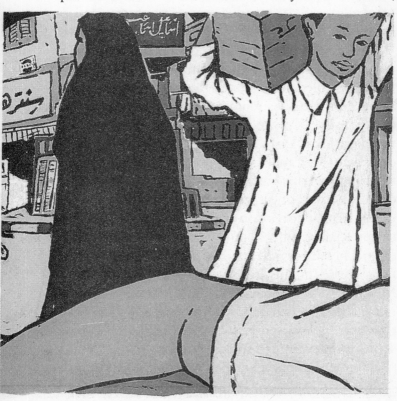

défilaient là-bas, sur la corniche, devant les ruines piquées d'obélisques, couronnées par le minaret incongru d'une mosquée.

Puis, comme on s'approchait de l'autre rive, les bruits décrurent. Un vent tiède se leva du désert tout proche, séparé du fleuve par des champs de canne à sucre, parsemés de palmiers. Le soir tombait. La haute silhouette massive de la montagne thébaine où reposent, dans l'opulence et la solitude de leurs tombeaux-palais, les plus grands pharaons de l'Égypte, se découpait précisément dans le ciel mauve.

Romain Caire fut poussé hors du bateau dans la cohue vociférante d'une quinzaine de gosses qui tiraient sa bicyclette à hue et à dia. Un sentier à pic serpentait dans des marais couverts d'ajoncs avant de rejoindre la route asphaltée qui filait tout droit vers la colline. Dans la brume rose et or qui montait des champs, Romain suivit un canal d'irrigation où s'ébrouaient des buffles, comme décapités à fleur d'eau. Il croisa une caravane de chameaux, lourdement emmaillotés sous un manteau de fanes de canne à sucre. Et soudain, il aperçut, à la lisière du désert, le couple monstrueux des colosses de Memnon, dressés depuis trente-cinq siècles au pied de la Montagne des Morts. Assis dans la position hiératique des dieux, leur visage de pierre s'illuminait d'un terrible sourire, à vingt mètres du sol. Romain sentit un frisson lui parcourir le dos.

Comme il s'approchait des colosses, il entendit le

20

vrombissement d'une voiture qui arrivait derrière lui à vive allure. Il se retourna ; une jeep, qui soulevait des tornades de poussière, semblait foncer sur lui. Deux hommes, deux étrangers à en juger par la pâleur de leur teint et leurs longs cheveux blonds, étaient assis sur la banquette avant du véhicule. Il n'eut pas le temps d'en voir davantage. Affolé par la vitesse de la jeep, il se mit à rouler sur le bas-côté sablonneux, hérissé de cailloux. À la hauteur d'un petit pont qui enjambait le canal, il perdit l'équilibre et roula, cul par-dessus tête, dans le fossé. En se relevant, la chemise déchirée, son sac éventré gisant dans les roseaux, il vit la jeep disparaître au loin en klaxonnant furieusement.

— Bande de sauvages ! s'écria Romain. Ils auraient voulu m'écraser qu'ils ne s'y seraient pas pris autrement.

Il vérifia que sa bicyclette n'avait pas été endommagée dans la chute, rassembla ses affaires et se remit en route. Tout tremblant encore de l'incident, il arriva à un carrefour de pistes, au milieu duquel un groupe d'enfants se chamaillait autour d'un ballon.

— Monsieur !… Monsieur !… s'écria l'un d'eux. Tu veux aller hôtel Mersam ? Très bien, pas cher !… Je vais te conduire…

— Non ! non !… dit Romain, amusé par le prosélytisme naïf du gamin. Moi, je vais à l'hôtel Habou.

— Tu as tort, monsieur, hôtel Habou pas bien,

pas bien !... Hôtel Mersam beaucoup mieux !...
Regarde !

Le gamin lui désignait du doigt une sorte de fortin décrépit d'où s'échappait une touffe de palmiers, à une centaine de mètres de là. Romain sursauta : une jeep était garée devant la porte de l'hôtel. La même assurément que celle qui avait failli le renverser quelques instants plus tôt.

Il se fit expliquer le chemin de l'Habou et s'enfonça plus avant dans le désert, guidé par les ruines dorées du temple de Ramsès III devant lequel se dressait une longue maison blanche, flanquée de terrasses et précédée d'une courette plantée d'eucalyptus. Sur l'arche du portail était écrit, maladroitement, en grosses lettres de couleur : « Habou Hôtel ».

— M'y voici enfin, murmura Romain. C'est le professeur Mancuso qui va faire une drôle de tête.

À droite de l'entrée, couché sur un banc de pierre, dormait un garçon d'une douzaine d'années.

Romain s'approcha de lui sans bruit et lui frappa trois petits coups sur l'épaule.

– Hé !... Hé !... réveille-toi, mon gars ! Dis-moi où je peux trouver le professeur Mancuso.

À ces mots, le gamin bondit comme un ressort, écarquillant de grands yeux noirs qui lui mangeaient la moitié du visage.

– Le professeur Mancuso... où il est ?... professeur... où il est ? bégaya le gamin.

– C'est justement ce que je te demande ! dit Romain en éclatant de rire devant la mine effarée du garçon.

– Professeur Mancuso ?... je sais pas... Il a disparu !

– Quoi ! s'exclama Romain.

– Disparu... il est parti hier après-midi pour les fouilles... on l'a pas revu. Je l'ai attendu toute la journée...

Romain entendit soudain un bruit de pas derrière lui.

– Vous cherchez quelqu'un ? demanda une voix au timbre très grave, dans laquelle Romain crut déceler une sourde hostilité.

En se retournant, il aperçut un homme qui lui parut immense, au visage dur et fermé, vêtu d'une gandoura immaculée.

– Oui !... euh !... balbutia Romain, je suis un ami... un ami du professeur Mancuso... Et je voulais savoir s'il...

– Ibrahim vous l'a dit ! Le professeur Mancuso est parti.

– Parti ou disparu ?

– Je ne sais pas, et je ne veux pas le savoir ! répondit l'homme sèchement. Ce sont des affaires d'étrangers… Je ne veux pas d'histoires dans mon hôtel. La police est venue cet après-midi. Le professeur Mancuso est parti ; ses affaires sont encore là ; c'est tout ce que je sais. Il reviendra peut-être… ou il ne reviendra pas. La police ne comprend pas. Moi non plus… Mais il est tard, monsieur, voulez-vous une chambre pour la nuit ?…

Sans attendre la réponse de Romain, il héla le gamin :

– Ibrahim ! Conduis monsieur à la chambre 12.

Et il disparut en emportant le passeport du jeune reporter.

Abasourdi, sous le choc des événements de ces dernières heures, Romain suivit le garçon à l'étage. Toutes les chambres s'ouvraient sur une spacieuse terrasse, dominant les ruines grandioses des temples et des palais. À perte de vue s'étendait le désert, barré à l'ouest par la muraille menaçante de la Montagne des Morts auréolée de feu dans la dernière lueur du couchant.

Fasciné par le paysage, Romain s'appuya un instant au balcon de la terrasse. Un vol de choucas vint se poser sur la corniche du premier pylône du temple de Thoutmôsis.

« Lugubre façon de me souhaiter la bienvenue ! se dit Romain, en fixant les gros oiseaux noirs immobiles. Mon affaire commence plutôt mal. Si ce satané professeur Mancuso a vraiment disparu, je suis dans de beaux draps ! »

— Tu sais, monsieur, dit Ibrahim, Hassan il veut te donner la chambre 12, mais tu peux choisir une autre. Il n'y a personne à l'hôtel…

— Personne ?

— Non ! Enfin, il y a le professeur Mancuso… mais il ne reviendra peut-être pas… il…

Romain, qui sentait que le garçon voulait en dire plus, posa sur son épaule une main amicale.

— Ibrahim ! Tu peux avoir confiance en moi. Tu es un ami du professeur Mancuso, n'est-ce pas ?

— Pour ça, oui, monsieur !

— Alors, dis-moi ce que tu sais et nous pourrons retrouver le professeur. Je suis sûr qu'il n'est pas parti volontairement.

— Je ne peux rien dire, monsieur, rien…

Une lueur de frayeur passa dans le regard du gamin qui s'engouffra précipitamment dans un couloir et disparut.

— La chambre 12 est de l'autre côté, monsieur Caire !

C'était Hassan, campé en haut des marches, les mains dissimulées dans les larges manches de sa gandoura.

— Le professeur ne nous avait pas annoncé la

visite d'un journaliste ! dit Hassan, d'un ton narquois et provocant.

Sans relever le défi, Romain prit son sac et gagna la chambre dont le battant portait le numéro 12. Une cellule de moine, meublée d'un petit lit grinçant, d'une armoire, d'une table en bois blanc et d'une chaise. Une minuscule fenêtre s'ouvrait, à l'est, sur les champs cultivés. De là, on pouvait apercevoir le mince ruban du Nil et les ruines illuminées des temples de Karnak, sur la rive droite.

Derrière la porte, la voix railleuse d'Hassan se fit à nouveau entendre.

– Nous ne faisons pas de cuisine ici, monsieur Caire. Vous serez obligé de prendre vos repas à l'hôtel Mersam… Vous le trouverez facilement. Bonsoir.

– Que la momie d'Hatshepsout et de tous les Ramsès d'Égypte viennent te tirer par les pieds dans ton sommeil, fripouille ! maugréa Romain, en donnant un tour de clef.

# 2

Romain Caire dormit une heure et se réveilla en pleine forme. Il se sentait prêt à affronter toutes les difficultés de sa nouvelle situation. Il allait retrouver le professeur Mancuso ; tout rentrerait dans l'ordre ; et il pourrait peaufiner une belle série d'articles qui lui vaudraient les félicitations de Desroches, les tendres œillades de Bénédicte et la jalousie admirative de ses confrères. En y réfléchissant d'un peu plus près, Romain se rendit compte qu'il rêvait tout éveillé.

Il sortit sur la terrasse. La nuit était très claire. Une énorme lune rousse semblait rouler de crête en crête sur la Montagne des Morts. Des millions d'étoiles se reflétaient sur l'étendue étale du désert. Le silence, oppressant, n'était rompu que par de sourds aboiements lointains, portés par une brise fugitive. Il pouvait être huit ou neuf heures, mais la chaleur était encore accablante. Romain passa la main sur sa poitrine, humide de sueur.

— S'il fait aussi chaud la nuit, qu'est-ce que ça doit être le jour ! soupira-t-il.

Il n'y avait pas âme qui vive alentour, aucune lumière dans l'hôtel, comme si le désert y dictait aussi sa loi.

Romain se mit à inspecter les chambres une à une. Toutes étaient vides, aussi rudimentairement meublées que la sienne, à l'exception de la 7, où régnait un indescriptible désordre.

« La chambre de Mancuso ! pensa Romain. C'est peut-être dans toute cette pagaille que se trouve la solution de l'énigme. »

La pièce était encombrée d'instruments de fouilles, de livres, de cartes dépliées et froissées. Au fond de l'armoire gisaient des monceaux de vêtements, d'autres livres, d'autres papiers. Sur la table, trônait une statuette en bois, posée sur une mallette à pharmacie. Et des livres encore, partout, empilés contre les murs, sur le rebord de la fenêtre, sous le lit. Un méchant tapis parcheminé était à demi roulé dans un angle de la pièce. Romain le poussa négligemment du pied pour se frayer un chemin vers la fenêtre. C'est alors qu'il aperçut, dépassant des franges sales de la carpette, un petit carnet de cuir noir. Romain se baissa pour le ramasser. C'était un carnet de notes, rédigées en italien, dont les marges s'ornaient de dessins, de croquis et de plans. Sur la page de garde, on pouvait lire : « *Il Tesoro di Hatshepsut* ».

« Le Trésor d'Hatshepsout, voilà qui est intéressant, pensa Romain, en glissant le carnet dans la poche arrière de son pantalon. J'essaierai de déchiffrer ça tout à l'heure… »

Un léger bruit, comme un froissement d'étoffe, le fit sursauter. Il se précipita sur la terrasse… Personne !

« J'aurais rêvé ! se dit Romain. Je deviens nerveux… Il est temps que j'aille dîner, je meurs de faim. »

Il enfila une chemise propre, descendit au rez-de-chaussée, traversa la grande salle silencieuse, le patio devant l'hôtel, et se retrouva sur le sentier pierreux qui conduisait à la route de Louxor. Il faillit se perdre deux fois avant d'atteindre le carrefour où les gosses jouaient au ballon cet après-midi. De faibles lumières, étagées à flanc de colline, clignotaient sur sa gauche : le village épars de Gournet Mourrai. À droite, un peu en contrebas de la route, le fortin de l'hôtel Mersam tachait le désert d'une masse plus sombre que la nuit. Plus loin encore, les géants de Memnon, couronnés d'étoiles, semblaient garder l'accès du royaume d'éternité.

Romain se souvint avec amusement du surnom qu'on lui avait donné à *Paris-France*, à ses débuts : Romain Caire, « l'homme qui n'a peur de rien, sauf de son ombre ». C'était Bénédicte qui l'avait trouvé. Engagé d'abord comme simple photographe de faits divers, il s'était formé sur le tas. Et les six premiers mois, sur chaque pellicule qu'il faisait, une dizaine de photos au moins étaient gâchées par l'ombre intempestive du photographe.

— Jeune crétin ! tempêtait M. Desroches, si vous ne savez pas tourner le dos au soleil sans projeter votre ombre sur ce que vous photographiez, je vous envoie en reportage nocturne dans le tunnel du Mont-Blanc !

« L'homme qui n'a peur de rien, sauf de son ombre »... Ce soir, Romain avait peur de tout autant que de son ombre.

L'hôtel Mersam se présentait vraiment comme une forteresse. Aucune ouverture sur l'extérieur, sauf une porte basse qui donnait accès à un long couloir aveugle, éclairé lugubrement par une ampoule nue.

Dans la cour fermée, qui faisait office de salle de restaurant, il n'y avait que deux personnes. Sur les marches de la cuisine, était accroupi un vieillard au beau visage grave, encadré d'une barbe blanche et touffue. Il s'appuyait sur un bâton sculpté, les mains croisées sous le menton. Le regard fixé droit devant lui, il ne prêta pas la moindre attention à l'entrée de Romain.

Près du mur le plus bas de la cour, qui permettait une échappée sur la campagne et le fleuve, un jeune homme était affalé sur une banquette de pierre recouverte de coussins à figures géométriques. Un gamin, surgi de la cuisine, invita Romain à prendre place en face de lui.

— *Good evening!* fit le jeune homme, en esquissant un geste pour se lever.

Romain, qui maniait aussi mal l'anglais que l'appareil photo de ses débuts, voulut couper court à la conversation.

— Excusez-moi!... Je suis français et...

— Mais c'est très bien, dit le jeune homme en riant. Je parle aussi français. C'est vraiment une chance!

« Tu parles d'une chance! » pensa Romain, persuadé d'être tombé sur un bavard impénitent, l'espèce la plus redoutable du monde, à ses yeux.

Et de fait, le jeune homme, qui se complaisait, non sans vanité, à manier une langue étrangère, n'arrêta pas de parler pendant plus d'une heure. Il était italien, de Milan, et s'appelait Umberto Pista. Petit et brun, doté d'un embonpoint précoce, il ressemblait assez fort à une caricature d'Italien de bande dessinée. Au demeurant, l'esprit vif, intelligent, un vrai conteur plein de fantaisie et d'humour, qui ne tarda pas à captiver Romain. De plus, vieux routard de l'Égypte, et de la région de Louxor plus particulièrement, il était au courant de bien des petits secrets.

— Le vieillard, assis sur les marches, là-bas, murmura Umberto, sur le ton de la confidence, c'est Cheikh Abdul. Un personnage!... Il a au moins quatre-vingts ans. Il était ouvrier d'Howard Carter, lorsque ce dernier découvrit la tombe de Toutankhamon, dans la Vallée des Rois. On prétend qu'il connaît tous les emplacements des nécropoles encore inviolées. Il y a plus de cinquante ans qu'il fait fortune dans le trafic des antiquités. Tout le monde le sait, mais il est trop habile pour se faire jamais pincer. Riche comme Crésus, il continue à vivre comme le petit gardien de troupeau qu'il fut dans son enfance. On le craint… À force de prébendes, il s'est attaché tous les habitants des villages alentour. Il doit se prendre pour un pharaon… et il a raison, il est sans doute l'être vivant sur cette terre à se trouver dans la plus étroite intimité avec les divins monarques de l'Ancienne Égypte. On dit que, la nuit, il va dans le désert visiter des tombes de lui seul connues. On dit !… on dit !… mais personne ne l'a jamais vu. C'est ainsi que naissent les légendes, et Cheikh Abdul est devenu une légende. La police et le service des Antiquités attendent depuis un demi-siècle de pouvoir le coffrer. Ils attendront jusqu'à sa mort, et je suis sûr que sa momie montera droit au ciel, vers Isis, Osiris et Anubis, dont il fut le dernier serviteur, deux mille ans après l'exil des anciens dieux. Il détient des secrets aussi vieux que le temps et qui disparaîtront avec lui. Cheikh Abdul n'est pas notre contemporain ; ses amis s'appellent Chéphren et Akhenaton, Néfertari et Hatshepsout…

En prononçant ce dernier nom, Umberto Pista vrilla son regard dans les yeux de Romain. Celui-ci n'eut pas le temps de répondre. Cheikh Abdul s'avançait vers eux lentement, tenant entre ses mains de vilains colliers de bimbeloterie, imités de l'antique. Il s'assit à côté de Romain en lui passant un collier autour du cou.

— *Welcome, my friend, welcome* ! dit le vieillard, avec un fort accent rugueux.

— *Thank you… Thank you very much…* balbutia Romain.

— *Up to you, my friend, up to you* ! opina Cheikh Abdul, en regagnant sa place sur les marches de la cuisine.

— C'est chaque fois le même cérémonial avec les gens qu'il ne connaît pas, commenta Umberto. C'est sa façon de vous initier aux arcanes de l'Égypte. Mais ne rêvez pas, le collier est faux, archi-faux !…

— Je m'en doutais ! dit sèchement Romain.

— Ne vous fâchez pas, la plupart des touristes les croient vrais. Et, dans la Vallée des Rois, ils achètent aux gosses de hideux hiéroglyphes de pacotille qu'ils croient garantis sur facture par le secrétaire personnel de Ramsès II.

Umberto éclata de rire à ses propres paroles.

— Mais, j'y pense ! dit-il en regardant sa montre, si vous devez rentrer à Louxor, vous n'avez plus beaucoup de temps avant le dernier bac…

« Voilà ce qui s'appelle prêcher le faux pour savoir le vrai », songea Romain avant de répondre :

— J'ai tout mon temps, rassurez-vous… Je suis descendu à l'hôtel Habou.

– À l'hôtel Habou !… Quelle bonne idée ! Au moins, vous pourrez côtoyer le professeur Mancuso, que je rêve de connaître depuis des années. Mais c'est un vrai sauvage, il ne veut voir personne, j'ai déjà essayé… Vous savez que c'est le plus grand égyptologue de mon pays et peut-être du monde. Soyez gentil d'intercéder auprès de lui en ma faveur. Je vous serai éternellement reconnaissant de pouvoir le rencontrer…

« De deux choses l'une, se dit Romain, ou il est plus bête que la moyenne, ou il me prend pour le roi des imbéciles ! Il ne sait rien ou il sait tout ! »

Puis la conversation se mit à languir. Umberto mâchouillait les os de son pigeon rôti, en regardant fixement dans la direction de l'entrée. Soudain, son visage s'illumina.

– *Hey !… Klaus !… Günter !… Where do you…*

Se retournant promptement, Romain aperçut deux grands types blonds qui s'engouffraient dans l'hôtel, bientôt suivis par Cheikh Abdul.

– Ils n'ont pas l'air de bonne humeur, les Allemands, ce soir, remarqua Umberto.

Romain, qui avait reconnu le conducteur de la jeep et son acolyte, se sentit blêmir. Il voulut dissimuler son émotion au jeune Italien et prétexta la fatigue du voyage pour prendre congé.

– Revoyons-nous demain soir, dit Umberto chaleureusement, en lui tenant la main.

– C'est cela… à demain… à demain !

Une fois dehors, l'inquiétude de Romain s'accrut lorsqu'il aperçut la jeep garée sur le bas-côté.

— Ou je me trompe fort, ou il va m'arriver des bricoles, maugréa Romain, dont la philosophie se limitait souvent au balancement des alternatives catastrophiques.

Les étoiles s'étaient éteintes, on n'y voyait pas à dix mètres. Romain s'arrêta un instant pour habituer ses yeux à l'obscurité, avant de s'enfoncer dans les ténèbres désertiques. Il trébuchait à chaque pas, et la panique le gagna lorsqu'il entendit marcher derrière lui. Il s'immobilisa ; le bruit de pas se tut.

— Non seulement j'ai peur de mon ombre, mais encore de mon écho ! plaisanta Romain pour se donner du cœur au ventre.

Il reprit sa marche à l'aveuglette et, cette fois, perçut très nettement le martèlement d'une galopade à quelques mètres derrière.

Il n'eut pas le temps de fuir. On essayait de le ceinturer, mais il se débattit en donnant des pieds et des mains et il fit lâcher prise à ses agresseurs. Il put courir jusqu'à la route avant d'être rattrapé. Le plus effrayant, c'est qu'il n'y voyait rien. Il ignorait le nombre de ses poursuivants, leur force, leur âge, jusqu'à la direction qu'il devait emprunter pour rejoindre le sentier de l'hôtel. Sur la route, son pied heurta une pierre et il s'affala de tout son long.

D'abord, il ne bougea pas, l'oreille aux aguets. Le silence était retombé sur le désert. Des chiens hurlaient très loin, derrière les ruines du Ramesseum. Romain porta la main à son genou meurtri par la chute. Ses agresseurs n'étaient pas partis, il le savait, il devinait leur présence attentive dans l'ombre. Le sang battait à ses tempes. Ils allaient attaquer à nouveau, ils allaient le tuer, ils…

On marchait tout près de lui. Un homme, deux, trois… Ils étaient trois ! Romain retint sa respiration mais il pensa que les violents battements de son cœur allaient le trahir. Une crampe intolérable torturait sa jambe. Doucement, le plus délicatement qu'il put, il essaya de se relever. Il y était presque parvenu lorsque son pied glissa sur le gravillon rugueux.

Aussitôt, les trois hommes furent sur lui. Tout alla très vite. Il sentit un bras puissant lui enserrer le cou tandis qu'on le frappait au ventre et au visage. Romain se mit à hurler. Il eut peur de mourir là, tout seul, sans raison. Le pire, c'était toujours de ne rien voir. Mourir dans la nuit…

On ne le frappait plus à présent. Romain sentait sur son corps des mains qui le fouillaient fébrilement. Puis l'étau à son cou se desserra. Il s'affaissa sur lui-même, et s'évanouit.

# 3

Romain Caire se demanda combien de temps il était resté sans connaissance. La nuit était toujours aussi sombre, aussi étouffante, malgré la brise du désert. Il souffrait de tout son corps meurtri. Ses lèvres étaient douloureusement gonflées, un goût âcre empestait sa bouche. Il passa les doigts sur son visage ; il saignait.

– Ils m'ont bien arrangé, les salauds !... Ils ont une façon un peu brutale de souhaiter la bienvenue aux gens, dans ce pays.

Au prix d'une souffrance aiguë, Romain parvint à s'asseoir. Lentement, il retrouvait ses esprits. Mille questions, toutes sans réponse, tourbillonnaient dans sa tête. Pourquoi avait-on enlevé le professeur Mancuso, et qui ?... Les deux Allemands ?... Hassan ?... Des séides de Cheikh Abdul ? Umberto Pista ?... Quel était donc le terrible enjeu de la découverte du trésor d'Hatshepsout ?...

Romain se souvint du petit carnet noir trouvé dans la chambre du professeur. Il porta la main à la poche de son pantalon. Le bouton avait été arraché dans la bagarre ; la poche, à demi déchirée, était vide. Il comprit alors le sens de l'agression dont il avait été victime. Le mystère devenait moins opaque.

« On m'aura vu empocher le carnet, se dit Romain. Quel imbécile je fais de ne pas l'avoir laissé à l'hôtel ! Sans les notes du professeur, il était impossible à ses ravisseurs de retrouver le trésor... Le désordre dans la chambre de Mancuso n'était pas naturel. On l'avait fouillée sans rien trouver, et c'est moi qui ai mis la main par hasard sur le carnet tant convoité. »

Romain se leva. Ses jambes tremblaient. Il fit quelques pas, hésitant, le visage crispé dans une grimace de douleur. Il ignorait toujours dans quelle direction avancer.

Soudain, glacé de terreur, il s'immobilisa à nouveau. On marchait sur la route. « Ils reviennent ! pensa Romain. Cette fois, je suis fichu ! »

– Monsieur !... Monsieur !... appela une voix d'enfant.

C'était Ibrahim. Romain eut une exclamation de joie.

– Ibrahim !... Ibrahim !... Je suis là...

– Ah ! Je te cherchais partout... J'ai eu peur quand j'ai vu ta chambre vide... Je te cherchais...

Romain enroula son bras aux épaules d'Ibrahim.

– Tu as mal, monsieur ?... Ils t'ont fait du mal ?

– Ce n'est rien, Ibrahim !... ramène-moi à l'hôtel.

Soutenu par le gamin, Romain clopina sur le sentier rocailleux. Ils furent bientôt au carrefour, puis on aperçut la masse sombre des temples. Romain sentit ses forces revenir. La douleur se faisait moins vive. Mais, avant d'atteindre l'hôtel, il dut se reposer un instant, assis sur un fût de colonne brisée, rongé par les sables. Étendu sur le sol à ses côtés, Ibrahim le fixait avec inquiétude.

– Tu ne peux plus marcher ?…

– Si !… Mais attends un peu, ça va aller très bien, tu verras… Dis-moi, Ibrahim, quand as-tu vu le professeur Mancuso pour la dernière fois ?

– Hier après-midi. Il a mangé dans sa chambre, comme d'habitude. Je lui ai apporté du thé. Il était trois heures, peut-être quatre… Puis il est parti à pied dans le désert avec son ombrelle qui fait rire tout le monde… Tu le verrais, monsieur, il est très drôle avec ce parapluie…

– Où allait-il ? coupa Romain.

– À Deir el-Bahari, au temple d'Hatshepsout. C'est là qu'il fouille en ce moment.

– Seul ?

– Oui, seul !… Il fait trop chaud à cette époque, on ne peut pas trouver d'ouvriers… Le professeur, lui, il n'a pas l'air de craindre la chaleur. Il connaît bien le désert. Il dit qu'il a travaillé dans tous les déserts du monde. C'est drôle, il s'est habitué… Mais nous, les gens du pays, on ne s'habitue jamais !

– Tu sais exactement où le professeur effectue ses fouilles ?

– Bien sûr, oui !

– Tu pourras m'y conduire ?

– Maintenant ? s'écria le gamin.

– Mais non, Ibrahim ! Nous irons demain, si tu veux bien… À présent je voudrais dormir…

Ils se levèrent. Romain s'appuya sur le bras du jeune Arabe.

– Sais-tu qui m'a attaqué ?

– Non, monsieur, non ! s'exclama Ibrahim, énergiquement.

– Je crois que tu mens, Ibrahim ! dit Romain, en mettant dans sa voix le plus de douceur possible. Et tu mens parce que tu as peur de quelque chose, n'est-ce pas ?

– Non ! non ! protesta Ibrahim. Je n'ai pas peur. Rentrons…

Romain comprit qu'il ne servirait à rien d'insister. Ibrahim semblait terrorisé. Malgré la chaleur, il tremblait de tout son corps et jetait des regards effarés dans les ténèbres du désert.

– Dis-moi, Ibrahim ! Hassan est un parent à toi ?

– C'est mon oncle, monsieur. Mes parents, ils habitent à Assiout, dans le Nord. Ils travaillent la terre… mais j'ai cinq frères avant moi, et la terre est petite. C'est pour ça qu'ils m'ont envoyé à l'hôtel Habou. Ici, je peux gagner un peu d'argent pendant les vacances. Après, je reviens à l'école.

– Et tu aimes l'école ?

– Ça, non ! fit Ibrahim avec une moue de dégoût.

Romain sourit. Ils traversèrent le petit jardin de l'hôtel. Ibrahim le soutint dans l'escalier car Romain sentait ses jambes se dérober sous lui.

La voix lointaine d'un muezzin leur parvint, dans un souffle de vent. C'était la prière de l'aube, à la mosquée de Cheikh Abd el-Gournah. La rocailleuse mélopée de l'orant résonnait lugubrement de dune en dune. Mais elle charriait aussi une paix, une douceur infinies, qui émurent Romain. Dans le vide de la nuit et des sables, une âme solitaire offrait à l'immensité sa fervente oraison. Romain éprouva soudain dans son cœur toute l'antiquité de cette terre. Un jour nouveau allait se lever sur le Nil, la nuit s'éclairait d'une pâle lueur. Le dieu-soleil commençait à s'ébrouer dans les palmes et les roseaux. Un vol de cigognes salua l'aurore.

Après avoir pris rendez-vous avec Romain pour la visite à Deir el-Bahari, Ibrahim grimpa sur la terrasse supérieure de l'hôtel où il dormait enroulé dans une couverture.

« Brave gosse ! se dit Romain. Et précieux allié ! Sans lui, je serais encore à chercher ma route dans les ténèbres. »

En entrant dans sa chambre, Romain se campa devant un miroir brisé, accroché de guingois au-dessus du lit. Il inspecta son visage qui ne conservait de traces de la bagarre qu'un léger hématome sur la joue gauche et une petite crevasse de sang séché aux commissures des lèvres.

— Allons, je ne m'en tire pas trop mal. Simple formalité d'intimidation. Ils ne voulaient pas trop m'abîmer du premier coup mais, la prochaine fois...

Romain aperçut alors une enveloppe posée bien en vue sur la table. Elle n'était pas cachetée, et contenait une simple feuille de papier arrachée d'un carnet à ressort. Il lut :

« Monsieur Caire, nous vous donnons quarante-huit heures pour déguerpir. Passé ce délai, vous serez en danger de mort. »

Le message n'était pas signé et les mots « danger de mort » étaient soulignés de deux traits noirs. Plus que la teneur de la lettre, c'est l'écriture qui intrigua Romain. Elle lui était presque familière ; en tout cas, il la connaissait.

« Bon sang ! J'ai déjà vu cette écriture. Mais où ? s'interrogea-t-il en vain. »

On semblait lui garantir deux jours de tranquillité avant de sévir à nouveau.

— J'espère qu'il ne m'en faudra pas plus pour retrouver le professeur. Ces gens-là ont prouvé qu'ils n'étaient pas des plaisantins. Il va falloir jouer serré, sans faux pas, car j'ai mis le pied dans un nid de scorpions.

Romain se déshabilla et se glissa entre les draps. Son genou le faisait toujours souffrir et il fut long à trouver la position dans laquelle la douleur serait moins vive. Il tourna et retourna dans sa tête le souvenir des événements de la journée avant de sombrer dans un demi-sommeil, lourd de cauchemars.

Il vit une grotte, dont les murs étaient recouverts de panneaux d'or et d'argent, sertis de pierres précieuses. Une procession s'avança. Quatre hommes portaient une civière, sur laquelle Romain gisait nu, le ventre caché sous des guirlandes de fleurs séchées. Les porteurs étaient richement vêtus de lourdes robes de velours à ramages. Romain les reconnut : c'étaient les deux Allemands, Cheikh Abdul et Umberto Pista. Devant, marchait un petit vieillard, qui – détail horrible – portait à bout de bras sa tête décapitée comme un encensoir... Le professeur Mancuso ! Derrière, venait Ibrahim, juché sur les épaules d'Hassan, dont le bas du visage s'était transformé en bec de faucon du dieu Horus. Ibrahim semblait tirer du crâne d'Hassan les poignées de pétales séchés qu'il jetait sur Romain. Soudain, un soleil noir surgit en tournoyant du fond de la grotte et vint se poser sur le front de Romain, qui sentit couler dans ses yeux un flot d'étoiles et de neige.

Le jour se levait. Romain s'abandonna enfin à un sommeil sans rêves.

## 4

Il fut réveillé par la chaleur. Le soleil incendiait la chambre et cuisait sa peau nue. Romain jeta un coup d'œil sur sa montre. Dix heures dix. Le rendez-vous avec Ibrahim était fixé pour onze heures. Il enfila un short, sortit sur la terrasse incandescente et sautilla en se brûlant les pieds jusqu'à la salle d'eau. Un mince filet saumâtre coulait du robinet. Il expédia sa toilette en quelques minutes et regagna sa chambre. Le ciel était d'une blancheur implacable qui virait au noir de feu lorsqu'on y fixait le regard. Le silence, toujours, et une pesanteur de l'air, plus lourde que les pierres…

Ibrahim l'attendait, assis sur le rebord du lit. Un plateau avec une théière et une assiette de petits biscuits étaient posés sur la table.

– *Ahlan we salhan !… Ezzayyak ?*[1]…

– Bonjour, Ibrahim… Merci pour le thé !

Le gamin sourit sans mot dire et observa Romain

1. « Bonjour ! Comment vas-tu ? »

tandis que celui-ci avalait son petit déjeuner. Il sacrifiait ainsi à cette délicate politesse arabe qui consiste à manger en silence, respect sacré du rituel de la nourriture et de la vie. Lorsque Romain eut vidé la théière jusqu'à la dernière goutte, Ibrahim se leva.

– Prépare-toi, maintenant. Dans une heure, la chaleur sera insupportable. J'ai réparé ta bicyclette… on avait crevé les pneus, cette nuit.

– Ça continue ! soupira Romain qui avait presque oublié ses déboires de la veille. On veut vraiment que je déguerpisse et tous les moyens semblent bons pour me le faire comprendre.

En descendant, il croisa Hassan qui surgit de l'ombre tiède du jardin.

– Monsieur Caire ! Je suppose que vous rendez votre chambre, dit l'homme, avec une arrogance qui ne souffrait pas le moindre doute.

« En voilà au moins un, pensa Romain, qui ne cache pas son jeu. »

– Je regrette de vous décevoir, Hassan, mais je ne partirai pas aujourd'hui.

– Comme il vous plaira ! opina Hassan, avec une feinte courtoisie, avant de disparaître dans le couloir.

Romain enfourcha sa bicyclette ; Ibrahim prit place, assis en amazone, sur le porte-bagages. Ils partirent.

La route grimpait raide jusqu'à la hauteur du

Ramesseum dont les ruines assez bien conservées semblaient servir d'écrin à la statue colossale de Ramsès II, gisant tronquée au pied de son socle. Aveuglé par la lumière crue, Romain suffoquait. L'air torride asséchait sa bouche et ses poumons. Le gamin avait sauté de la bicyclette et marchait derrière lui. Un brouillard opaque montait des champs et des palmeraies, le long du Nil qui serpentait là-bas, véritable coulée d'argent en fusion.

Ils dépassèrent le village de Cheikh Abd el-Gournah qui s'étageait aux flancs d'une colline. Chaque maison dissimulait plus ou moins l'entrée d'une tombe, dans cette nécropole des nobles de la XVIIIe dynastie, qui abrite les tombeaux aux parois peintes les plus remarquables d'Égypte. Une intolérable puanteur de charogne empestait l'atmosphère. Le cadavre d'un âne achevait de pourrir dans un fossé, non loin d'une bande de gosses, indifférents à la pestilence, qui s'acharnaient autour d'un ballon, dans la poussière et les immondices. Ibrahim les salua. Ils interrompirent leur jeu pour stimuler Romain dans son effort, avec force gestes obscènes et jurons approximatifs, empruntés à toutes les langues touristiques.

Romain avait les yeux embués de sueur, le crâne serré dans un étau de feu. Après le village, la route descendait en pente douce. Ibrahim sauta sur le porte-bagages et ils se laissèrent rouler ainsi, lentement, jusqu'à la côte suivante, qu'ils n'eurent pas à

gravir car le sentier pour Deir el-Bahari s'enfonçait sur la gauche.

Romain gara la bicyclette à l'ombre pauvre d'un muret à demi éboulé. Il ôta sa chemise, dont il se fit un drôle de turban, maladroitement chiffonné sur sa tête.

– Cent mètres de plus et je crevais d'insolation ! soupira Romain.

Le soleil lui mordait les épaules et les cuisses. Ils se trouvaient dans un cirque de montagnes arides, d'une belle couleur de pain cuit, au milieu desquelles s'élevaient graduellement les trois terrasses du temple d'Hatshepsout. Cette architecture féerique semblait un mirage de marbre sous le ciel blanc.

Une allée, jadis bordée de sphinx, montait vers la première cour du temple, fermée à l'ouest par un portique, fendu en son centre par l'escalier d'accès à la seconde terrasse, elle aussi en partie bordée de colonnades. Romain fut émerveillé par la fraîcheur des peintures, dans la chapelle consacrée à Anubis. Ibrahim qui, à l'occasion, servait de guide aux groupes de passage à l'hôtel, lui expliquait les mystères de l'antique mythologie égyptienne.

– Regarde, ici, c'est la reine Hatshepsout, et là, son successeur, Touthmôsis III faisant des offrandes aux dieux Amon et Anubis, à la tête de chien noir, qui veillent sur le monde des morts.

Plus loin, il lui expliqua les bas-reliefs, déroulés comme une bande dessinée, qui contaient la naissance et l'enfance de la reine, ainsi que ses hauts faits militaires et le récit des expéditions commerciales effectuées sous son règne, dans les lointaines contrées, aux confins du Soudan et de l'Éthiopie, appelées alors Pays de Pount. Ces murs, aux couleurs à peine fanées, témoignaient, avec un luxe de détails surprenant, d'une aventure vieille de trente-cinq siècles.

– Ça, c'est du journalisme ! s'exclama Romain, enthousiaste. Tout est dit, raconté, exprimé… et, en plus, c'est beau !

– C'est ainsi que vivaient mes ancêtres ! proclama fièrement Ibrahim.

Un vieux gardien, les mains croisées dans le dos, les observait avec amusement. Ibrahim s'approcha

de lui et se lança dans un conciliabule délicat, au cours duquel le vieux manifesta à plusieurs reprises une désapprobation très marquée. Mais l'enfant finit par vaincre toutes ses réticences et revint se planter, triomphant, devant Romain.

— Je lui ai demandé l'autorisation d'aller sur la troisième terrasse. Tu as remarqué qu'elle était fermée. C'est parce qu'il y a des fouilles et des travaux de restauration en cours. Mais on est obligé de passer par là pour accéder au chantier du professeur Mancuso. Normalement, il faut un laissez-passer… Mais ça, c'est bon pour les étrangers. Entre gens du pays, on n'en a pas besoin, on peut toujours se comprendre, conclut Ibrahim, avec un clin d'œil complice, en direction du gardien.

Ils enjambèrent une balustrade en planches, et montèrent la rampe d'accès à la troisième terrasse, dont le mur bas s'ornait d'un long serpent ondulant. Ils passèrent sous un portail de granit rose qui ouvrait sur une vaste cour, bordée par de rares vestiges de colonnades. En se retournant, Romain découvrit le paysage immense de la vallée et du désert, saigné en son milieu par le cordon scintillant du Nil. Du haut de son « château de millions d'années », Hatshepsout pouvait rêver d'éternité. Adossée à la formidable muraille de roc brûlé, sous un ciel plus bleu que les mers qu'elle n'avait jamais vues, elle avait tout loisir de contempler à perte de vue son royaume de sable et de limon. Quel sentiment de solitude et de puissance devait-elle alors éprouver, la reine usurpatrice, dans son empire soumis aux caprices d'un fleuve, aux lois cruelles des dieux-chacals !…

Le sanctuaire principal s'ouvrait au centre de la paroi rocheuse. En le contournant sur la gauche, on atteignait un étroit sentier qui s'enfonçait dans la montagne. Le chemin grimpait rudement. Après le premier tournant, Ibrahim et Romain se trouvèrent dans une sorte de petit canyon très encaissé, que l'absence de tout souffle d'air avait transformé en fournaise. Le sentier se heurtait bientôt à la montagne, creusée à cet endroit d'une sombre anfractuosité, fermée par une grille. Écrasé de chaleur, Romain avançait en trébuchant, le cœur au bord des lèvres.

— C'est là ! dit Ibrahim, en poussant la grille qui n'était pas verrouillée. Reposons-nous un instant.

Ils s'assirent dans l'ombre illusoirement fraîche d'un couloir taillé dans le roc et, par endroits, orné de bas-reliefs à demi effacés.

— C'est une tombe de la XVIIIe dynastie, expliqua Ibrahim. On a cru longtemps que ça pouvait être celle d'Hatshepsout, jusqu'à la découverte de son tombeau et de sa momie dans la Vallée des Rois. Il est probable qu'elle a d'abord pensé à ce lieu… puis elle a dû changer d'avis. Le tombeau n'est même pas terminé. Le professeur travaillait dans la dernière chapelle du fond, à déchiffrer les hiéroglyphes.

Romain se demandait comment ce caveau, fouillé de toute évidence depuis des siècles, pouvait encore recéler un quelconque trésor. Il était fort peu probable qu'une telle découverte ait échappé aux investigations obstinées de plusieurs générations d'archéologues.

— Tu venais souvent ici voir le professeur Mancuso ? interrogea Romain.

— Parfois, je lui portais de la nourriture lorsqu'il ne rentrait pas à l'hôtel de la journée. Une fois…

Ibrahim hésitait. Il jeta un regard inquiet dans la direction du sentier.

— Une fois, poursuivit le gamin, j'ai trouvé le professeur en grande conversation avec Cheikh Abdul. Ils avaient l'air de se disputer. Cheikh Abdul était tout rouge et il frappait les murs avec sa canne… Le professeur aussi était tout rouge mais, quand ils m'ont vu, ils se sont arrêtés de parler…

— Tu n'avais rien entendu ?…

— Quelques mots seulement. Cheikh Abdul disait : « Vous n'avez pas le droit d'y aller… » et le professeur lui a répondu : « J'irai la nuit, s'il le faut ! »

— C'est tout ?

— Oui.

— Il y a combien de temps de cela ?

Ibrahim réfléchit quelques secondes avant de répondre.

– Un mois… cinq semaines peut-être. C'était juste à la fin du ramadan.

– Tu sais de quoi ils voulaient parler ?

– Non… enfin, je crois que c'était un problème de fouilles… À cette époque, j'avais remarqué que le professeur allait souvent à Louxor pour acheter du matériel. Je l'ai même accompagné plusieurs fois… mais ce matériel, je ne sais pas où il le mettait car je ne l'ai jamais vu, ni à l'hôtel ni ici.

« C'est clair, raisonna Romain. Mancuso avait découvert la cachette du trésor d'Hatshepsout qu'il voulait explorer seul, sans en référer au service des Antiquités. Cheikh Abdul aura éventé son projet et exercé sur lui un chantage, que le malheureux professeur a peut-être payé de sa vie, en tout cas de sa disparition… »

Pour évidente que lui parût son analyse, Romain n'avait soulevé qu'un léger pan du mystère. Hassan était-il complice de Cheikh Abdul ?… Et quel était le rôle de Klaus et Günter, et du jeune Italien ?… Qu'ils fussent tous quatre liés à Cheikh Abdul contre le professeur Mancuso semblait hautement improbable.

– Décidément, l'affaire est très embrouillée, soupira Romain.

À présent reposé, il demanda à visiter la tombe. Elle n'était, du reste, pas très profonde : le couloir s'enfonçait d'une vingtaine de mètres dans la montagne et se terminait à l'ouest par trois chapelles latérales aveugles. La réverbération du soleil sur le désert suffisait à éclairer le caveau. Romain inspecta attentivement les parois ouvragées qui n'offraient qu'un impénétrable casse-tête, digne d'un apprenti Champollion. L'écriture hiéroglyphique se déroulait de façon monotone sur plusieurs registres, ponctuée de-ci de-là par des représentations divines non moins hermétiques.

– J'ai sous les yeux la solution de l'énigme et je n'y comprends rien, pesta Romain, que sa jeunesse et son métier prédisposaient mal à l'incompréhension émerveillée du mystère.

Soudain, ils perçurent distinctement l'écho d'une conversation, dehors, sur le sentier.

– Cachons-nous ! souffla Ibrahim, entraînant Romain dans la chapelle la plus sombre, dans un angle de laquelle se trouvait un sarcophage de granit défoncé.

Ils se glissèrent en rampant dans l'étroite cuve dont le couvercle incliné les dissimulait tout à fait. Ils entendirent des bruits de pas dans le couloir, qui s'approchaient. Puis la conversation reprit... en allemand.

« Mes chers amis Klaus et Günter ! pensa Romain avec effroi. Si je bouge, mon compte est bon. Ils auront vingt fois le temps de nous massacrer avant que l'on se porte à notre secours. Mais qu'est-ce qu'ils viennent faire ici ? »

Comme pour répondre à l'interrogation du

reporter, une dizaine d'éclairs illuminèrent le tombeau, comme un orage dans la nuit de la caverne.

« Ils font des photos !... Je comprends tout, maintenant. Le professeur n'a pas eu le temps d'achever le relevé des hiéroglyphes et il en a besoin pour poursuivre ses recherches. Il est donc entre les mains des deux Allemands qui doivent le séquestrer quelque part dans le désert... Ou je me trompe, ou j'ai raison », philosopha benoîtement Romain qui n'était sûr de rien moins que de lui-même.

Il sentit contre son corps le tremblement apeuré d'Ibrahim. Les flashes reprirent, illuminant sinistrement la tombe. Par chance, c'était la chapelle opposée à celle où ils se cachaient qui semblait intéresser les deux Allemands. À chaque lueur, il voyait le regard du jeune Arabe s'écarquiller d'effroi.

Ils restèrent un peu plus d'une heure ; Romain compta plusieurs centaines de photos. « Ils ont le meilleur appareil pour ce genre de travail ! apprécia notre reporter, qui reconnaissait le crépitement familier du Super-Ikonta X-127. Des vrais pros ! »

Un bref moment, l'un des deux hommes vint s'asseoir sur le rebord du sarcophage. Ses pieds se balançaient dans le vide, à quelques centimètres du visage de Romain, qui serra Ibrahim à l'étouffer pour réprimer le tremblement qui pouvait les trahir. Puis l'homme se releva et poursuivit son travail.

Ils partirent enfin. On entendit le bruit de leurs

pas décroître dans la montagne. Ibrahim et Romain attendirent encore une dizaine de minutes avant de quitter leur tanière.

– Quelle frayeur ! murmura Ibrahim en secouant sa djellaba pleine de poussière. Je les connais bien, ces deux-là… L'autre jour, ils se sont disputés avec Hassan…

– Avec Hassan ! s'écria Romain, dont l'analyse était cruellement ébranlée par cette révélation.

– Oui, avec Hassan ! reprit le gamin. Allah est témoin que mon oncle déteste tout l'univers, mais plus particulièrement ces deux types-là !

– Pourquoi ?…

– Ça fait longtemps qu'ils viennent et on ne sait pas très bien pour quelle raison. Au début, ils descendaient à l'hôtel Habou… Il y a six mois, ils sont partis sans régler la note… Depuis, mon oncle essaie de se faire payer, mais ils refusent obstinément. Ça finira mal…

« Si Hassan est contre les deux Allemands qui sont contre moi, Hassan n'est peut-être pas contre moi… pensa confusément Romain, qui n'y comprenait plus rien. Sainte Hatshepsout, priez pour moi ! »

Pour plus de sécurité, ils s'attardèrent encore un peu dans la tombe. Romain scrutait les murs avec une attention ébaubie qui ne lui apprit rien de nouveau. Comme le soleil commençait à décliner, ils sortirent. Le blanc du ciel virait à l'azur et le désert se marbrait d'ombres rousses. Ils furent salués par un concert étouffé de braiments qui résonnaient dans la vallée.

Ibrahim tira la grille du tombeau tandis que Romain enfilait sa chemise. Ils s'apprêtaient à descendre le sentier lorsqu'une voix faussement enjouée retentit derrière eux.

– Bonjour, Romain ! Comment allez-vous ?

# 5

Umberto Pista était assis à califourchon sur un rocher, à trois ou quatre mètres au-dessus de l'entrée de la tombe. Il jouait avec une poignée de gravillons qu'il filtrait d'une main dans l'autre. Il vrilla un regard scrutateur sur le visage de Romain, qui sentit la colère l'envahir. Son courage, pris en défaut à l'arrivée des deux Allemands, lui revenait face à un seul adversaire.

— Qu'est-ce que vous foutez là ? demanda-t-il agressivement. Descendez un peu de votre perchoir, qu'on puisse s'expliquer.

— Vous semblez bien excité ! constata froidement Umberto Pista en sautant devant Romain avec une souplesse inattendue pour un jeune homme aussi rondouillard. Je voulais surprendre le professeur Mancuso. Mais il y a beaucoup de monde ici… à part le professeur.

— Je suppose que vous avez accompagné vos amis Klaus et Günter ! persifla Romain. Ils viennent de partir à l'instant.

– Klaus et Günter ne sont pas à proprement parler des amis ! rétorqua Umberto. Je ne les ai pas accompagnés… et je ne leur ai même pas adressé la parole. Je les ai simplement vus sortir du trou… et j'attendais que le professeur en sorte à son tour pour lui parler.

– Ne prenez pas la peine d'attendre, il n'y a plus personne là-dedans, fit Romain en désignant la grille close.

L'Italien était sans doute armé, mieux valait ne pas se livrer à des provocations gratuites qui, de toute façon, ne lui auraient rien appris.

– Dans ce cas, je vais redescendre avec vous dans la vallée, si vous le permettez, soupira Umberto. Il sera dit que je ne rencontrerai jamais le professeur.

Ibrahim et Romain encadraient Umberto sur le sentier escarpé. Le gamin ouvrait la marche, et l'Italien éprouvait quelque difficulté à le suivre. Ils se retrouvèrent bientôt sur la terrasse supérieure du temple d'Hatshepsout. De là, on pouvait apercevoir l'hôtel Mersam, devant la porte duquel était garée la jeep des Allemands. Celle-ci démarra, en soulevant des trombes de poussière et fila à tombeau ouvert sur la route de Louxor.

Romain surprit une crispation d'inquiétude sur les lèvres d'Umberto. Le jeune homme éprouvait, de toute évidence, du mal à se contenir.

– *È terribile !*… *è terribile !*… murmura-t-il.

Puis il se mit à courir, dévalant les rampes du temple. Au niveau du dernier portique, il s'arrêta, se retourna et, les mains en porte-voix, hurla à l'adresse de Romain :

— N'oubliez pas le dîner de ce soir... À huit heures, chez Cheikh Abdul !... n'oubliez pas, venez, je vous en supplie !

Et il repartit, ventre à terre, jusqu'aux premières maisons de Gournah.

— « Je vous en supplie ! » répéta Romain, comme en écho aux ultimes paroles d'Umberto. Qu'est-ce que tout cela peut bien vouloir dire ?

Ils descendirent lentement jusqu'à l'endroit où Romain avait laissé la bicyclette. Celle-ci avait été renversée et se trouvait en travers du chemin, les pneus crevés.

— Ça devient une habitude ! tonna Romain en relevant l'engin dont les pédales tournaient à vide en grinçant.

L'ombre immense de la colline thébaine s'étendait jusqu'à la limite des terres cultivées. Ibrahim et Romain atteignirent la route en tenant chacun le vélo par une poignée du guidon. Ils croisèrent un troupeau de moutons guidé par deux pâtres connus d'Ibrahim. Les chiens vinrent aboyer autour de Romain, qui les dispersa d'un geste excédé de la main. Tout lui était devenu insupportable : la chaleur, le désert, les ruines et ce paysage trop grandiose pour sa pauvre âme dépitée.

— Rachid vient de me dire qu'ils ont vu passer la jeep, tout à l'heure...

– Eh bien ?… fit sèchement Romain.

– Il y avait trois personnes à bord… mais il n'a reconnu que les Allemands.

Un mystère de plus !… À bout de nerfs, Romain en venait presque à douter de la fidélité d'Ibrahim. Il se sentait pris au cœur d'une intrigue qui le dépassait totalement. Et chacun semblait ligué contre lui pour brouiller les pistes, comme à plaisir.

« Je vais téléphoner à Desroches pour qu'il vienne faire son reportage lui-même, pensa Romain, avec amertume. Après tout, Mancuso est son ami d'enfance… Et moi, je suis journaliste, pas détective ! »

En arrivant à l'hôtel, il était au comble de l'abattement. Une fourgonnette de police stationnait dans l'allée. On l'attendait. Deux inspecteurs lui demandèrent son passeport et le prièrent poliment de les suivre. Ils s'installèrent sur la terrasse, sur des chaises qu'avait apportées Hassan.

– Monsieur Caire, commença l'un des deux policiers en lui tendant une cigarette que Romain refusa d'un signe de tête, nous sommes chargés de l'enquête sur la disparition du professeur Mancuso. Il y a tout lieu de croire que l'honorable savant a été enlevé…

« Grande trouvaille », pensa ironiquement Romain.

– Nous voudrions connaître vos liens avec le professeur.

Romain exposa brièvement l'objet de son voyage, en dissimulant toutefois l'hypothétique découverte du trésor d'Hatshepsout. Il effectuait un simple reportage sur les fouilles du professeur.

— Monsieur Caire, poursuivit le policier, il est probable que nous nous trouvons devant une affaire de contrebande internationale… de contrebande d'objets d'art, pour être plus précis. Depuis vingt siècles, l'Égypte a été pillée par toutes sortes d'envahisseurs. Ceux d'aujourd'hui, pour être clandestins, n'en sont pas moins redoutables… Nous tenons à notre patrimoine ; rien ne doit sortir du pays. L'affaire qui nous occupe à présent étend ses ramifications dans le monde entier. L'enjeu en est une colossale fortune en objets d'arts, bijoux, bas-reliefs, etc. d'une valeur inestimable. Mais nos frontières sont étroitement surveillées, les bandits ne parviendront pas à les franchir, nous y veillons.

« Ma parole ! Il me menace, se dit Romain. C'est normal. Comme ils n'ont rien découvert, ils accusent tout le monde. Procédure policière tristement universelle… »

Romain sourit.

— Messieurs, je regrette, mais je ne puis vous être d'aucun secours. Je suis aussi désemparé que vous par la disparition du professeur Mancuso.

— Tout ce que vous apprendrez nous sera utile ! dit le second policier en martelant chaque mot. Vous me comprenez bien, monsieur Caire ?

– Très bien, monsieur, très bien… Mais je vous le répète, je ne sais rien.

Les policiers se levèrent pour prendre congé.

« En voilà qui ont l'art de perdre leur temps, pensa Romain lorsqu'ils furent partis. Ils feraient mieux de surveiller l'hôtel Mersam au lieu de venir jouer les touristes ici. »

Romain voulut aller prendre une douche, mais l'eau gouttait au pommeau rouillé aussi paresseusement que le matin. Il s'étendit sur son lit, et ressassa un long moment les idées noires qui le submergeaient.

On frappa à la porte. Romain n'eut pas le temps de se lever pour aller ouvrir : Hassan était déjà entré, tenant un plateau dans les mains. Il prit place sur la chaise et servit une tasse de thé à Romain, auquel cette visite impromptue ne paraissait annoncer que de nouveaux ennuis.

– Monsieur Caire ! Vous semblez voir en moi un ennemi, et vous me craignez, commença Hassan. Ne protestez pas, je n'ai pas l'habitude d'éveiller la sympathie, et je m'en moque. Je suis un solitaire et un misanthrope. Je n'aime en ce monde que le désert et le ciel. J'habite ici depuis près de cinquante ans. J'y suis né… Heureuse époque où l'on ne voyait qu'une dizaine de touristes par an. Nous vivions à peu près comme il y a quarante siècles, et nul ne songeait à s'en affliger. Nous étions simplement heureux, dans le dénuement… et l'éternité de notre terre…

Romain ne savait que penser de ce discours, débité d'une voix monocorde, pleine d'amertume et de mélancolie. Il ne sentait pas d'hostilité dans la digne attitude du personnage, dont l'esprit vaguait à la fontaine des souvenirs.

— Puis le monde s'est intéressé à nous, poursuivit Hassan sur le même ton. À nous, et surtout à nos ruines, à nos temples, aux tombes sacrées de nos pharaons, à des trésors enfouis dans le désert, oubliés depuis des millénaires. Chacun y a trouvé son compte, et nous, nous y avons perdu notre âme.

« Où veut-il en venir ? s'interrogeait Romain, que toutes ces précautions oratoires commençaient à énerver. Il ne s'est quand même pas déplacé pour me débiter ces sornettes d'un autre âge ! »

Hassan fixa un long instant le visage de Romain.

— Je crois que je peux avoir confiance en vous, maugréa Hassan. Hier, je me suis méfié, mais... Qu'importe ! je puis vous confier que j'ai vu le professeur Mancuso, cet après-midi.

— Où donc ? s'écria Romain en bondissant de son lit.

— Sur la route de Louxor, dans... dans la voiture des Allemands. Il était couché sur la banquette arrière. Je ne l'ai vu qu'une seconde, mais je suis sûr qu'il s'agissait bien de lui.

— Il avait l'air mal en point ?

— Je vous répète que je ne l'ai vu qu'une seconde.. Il avait les yeux fermés... il semblait dormir... peut-être était-il drogué.

– Vous connaissez bien les Allemands ?...

Hassan se rembrunit.

– Je ne les connais que trop... Klaus Hartmann et Günter Strauss, du moins c'est ainsi qu'ils se font appeler aujourd'hui...

– Que voulez-vous dire ?

– Il y a trois ans, lorsqu'ils ont quitté l'hôtel sans payer, ils ne portaient pas le même nom... ni la même nationalité. L'un se faisait passer pour suisse, l'autre pour argentin. Lorsque la police est venue hier, je leur ai signalé cette « petite anomalie »...

– Et alors ?

– Alors, ils ont vérifié les passeports, qui sont, paraît-il, tout ce qu'il y a de plus conforme. De toute façon, pour la police, loger chez Cheikh Abdul équivaut à un sauf-conduit. Ils craignent le vieux cheikh plus que leurs supérieurs...

– Et vous, vous le haïssez ?

– J'ai trop haï Cheikh Abdul pour le haïr encore... Mon père est mort, étouffé lui-même par cette haine. Il avait le même âge qu'Abdul lorsqu'ils travaillaient ensemble aux fouilles de Toutankhamon. Ils étaient les meilleurs amis du monde ; ils ne le sont pas restés longtemps... Tous deux rêvaient de faire fortune. Abdul y est parvenu, non sans l'aide de mon père qui lui faisait une confiance aveugle... et n'y a rien gagné. Et puis ils se sont épris de la même femme, une Anglaise, qui a dirigé pendant trois ans la mission archéologique.

Abdul est devenu son amant, ce qui provoqua un énorme scandale dans la vallée. Mon père était fou de rage et de désespoir. Il n'arrêtait pas de harceler Abdul et la jeune femme... Ensuite, il fut accusé de recel d'antiquités et emprisonné plusieurs mois. Il était persuadé que Cheikh Abdul l'avait dénoncé, bien qu'il n'en eût jamais la preuve... Je ne sais rien d'autre de cette histoire que ce que je viens de vous en dire, et que ma mère m'a raconté lorsque j'étais enfant. Miné par la haine et le déshonneur de son séjour en prison, mon père s'est suicidé... Je n'avais pas cinq ans. On l'a retrouvé pendu à un arbre, sur le bord du Nil... À mes yeux d'enfant, Cheikh Abdul était un assassin. Puis la vie m'a appris qu'il n'y a pas de victime ni de coupable et que chacun est l'artisan de son propre malheur... Je ne hais plus Cheikh Abdul. Il a simplement eu toutes les chances que mon père n'a pas pu, n'a pas su saisir.

Cette longue confession émut Romain. Elle était bouleversante, choquante presque, dans la bouche d'un homme d'ordinaire si peu loquace. Romain aurait voulu trouver une formule de sympathie, quelques mots, mais son esprit était vide.

– Oublions le passé, monsieur Caire !... Je suis venu vous prévenir... vous êtes en danger de mort. Je connais les méthodes de ces hommes, je veux dire Klaus Hartmann et Günter Strauss... Ils ne reculeront devant rien pour arriver à leurs fins... Et ils ont certainement des appuis à Louxor et dans la capitale. Ils ne sont que les hommes de main d'une bande puissante et bien organisée. Pour eux, la vie humaine est sans valeur. Vous êtes le grain de sable qui risque de faire s'enrayer leur machine. Ils n'auront pas de pitié… Ce sont des tueurs !

— Mais vous risquez autant que moi, Hassan !

— Non ! Il est plus périlleux de s'attaquer à quelqu'un du pays qu'à un étranger. Je suis trop connu dans la vallée, ils n'oseront rien contre moi… Tandis que vous, vous n'existez pour ainsi dire pas. Vous disparaîtrez et on ne vous retrouvera jamais. Votre ambassade ordonnera une enquête qui traînera des années durant et s'enlisera lamentablement dans les sables du désert…

« Quel oiseau de mauvais augure ! pensa Romain. J'espère qu'il n'a aucun talent divinatoire, il va me porter la poisse… »

Hassan se leva, rassembla la théière et les tasses qu'il empila sur le plateau et s'apprêta à sortir.

— Vous n'êtes pas obligé de m'écouter, monsieur Caire, mais je vous conseille de partir demain matin à la première heure. Et si vous prenez cette sage décision, faites-le bien comprendre, ce soir, en allant dîner chez Cheikh Abdul…

Hassan parti, Romain alla s'asseoir sur la terrasse. Le ciel s'était obscurci d'un voile poudreux, dans lequel les derniers reflets du soleil couchant soulevaient des vagues de poussière et de sable. Une lumière blafarde baignait le paysage. Un vent sour-

nois balayait la plaine, s'employant à ébouriffer
rageusement la ramure des palmiers. Des chiens
aboyaient à l'infini. L'air charriait des menaces de
tempête. Un drame se jouait dans la fusion des
vents et des ténèbres naissantes. L'hostilité des élé-
ments attaquait la grandeur majestueuse des
temples, le néant imperturbable du désert, où se
déroulent à intervalles réguliers, et depuis des millions d'années, les noces inutiles des pierres et des
étoiles.

Romain sentit l'angoisse lui étreindre le cœur. Il
comprit son humilité et sa puissance. Et il eut peur.

# 6

À la nuit, Ibrahim vint le chercher. Romain n'avait pas bougé de sa chaise, le regard perdu dans l'ombre. Le vent lui envoyait des gifles de sable qui crépitait sur son visage et sur son torse. La chaleur à présent s'enivrait de poussière. Une pluie sèche semblait tomber du ciel, tourbillonner au souffle de sa propre folie et remonter dans l'atmosphère pour se mêler, plus loin, aux lourds nuages de la bourrasque. Romain sursauta à l'arrivée d'Ibrahim.

— Je vais t'accompagner chez Cheikh Abdul, dit le gamin. C'est mon oncle qui m'envoie. Il ne veut pas que tu y ailles seul… Et puis, avec ce temps, tu ne trouverais pas ton chemin.

— Il va pleuvoir ? interrogea Romain.

Ibrahim éclata de rire. La perspective d'une ondée, au mois d'août, dans le désert, lui semblait la forme la plus irrésistiblement cocasse d'humour occidental.

— Ce n'est qu'un coup de khamsin ! dit Ibrahim. Le

vent du sud… Dans deux ou trois heures, il se sera calmé et il ne tombera pas la moindre goutte d'eau, hélas !

Romain s'ébroua comme un chien pour se débarrasser de la couche de poussière qui collait à sa peau. Il refusa d'abord la proposition d'Ibrahim de l'accompagner. Il n'avait besoin de personne pour affronter le danger… Mais il céda bientôt devant l'insistance obstinée du jeune Arabe.

Dehors, il fut presque terrassé par la force du vent. Le sable pénétrait dans les vêtements, la bouche, les oreilles. Il tentait vainement de protéger ses yeux, mais le sable parvenait à se glisser sous les paupières. Comme à chaque attaque de khamsin, les câbles électriques s'étaient rompus, plongeant toute la rive gauche du Nil dans la nuit totale. Ibrahim le prit par la main. Il parlait, mais Romain n'entendait que des bribes de mots, aussitôt happées par la tempête. Dans sa djellaba blanche, gonflée comme une voile, Ibrahim semblait un fantôme guidant un damné dans les ténèbres de l'enfer.

Parvenus à l'hôtel Mersam, ils s'abritèrent sous un auvent de pisé.

— Je t'attendrai là, dit Ibrahim en s'asseyant, les jambes croisées sous lui, adossé au mur.

— Tu es fou ! s'exclama Romain. Tu vas dîner avec nous.

— Non, non !… Je ne veux pas que Cheikh Abdul me voie.

– Mais c'est absurde ! Tu ne vas pas rester là, avec ce vent…

– Le vent n'a pas d'ennemi ! dit sentencieusement Ibrahim. Va !

Romain entra. Dans la cour abritée, les rafales étaient moins violentes. Il n'y avait personne. La lueur papillonnante des lampes à gaz éclairait faiblement les fenêtres du rez-de-chaussée. Romain monta quatre marches et pénétra dans une vaste salle basse, au milieu de laquelle trônait une longue table en bois. Assis, seul, le jeune Italien était en train de se verser un verre de bière.

– Ah ! vous voilà, dit Umberto Pista, en apercevant Romain. Je craignais que ce fichu temps ne vous empêche de venir. Même les gens du pays redoutent le khamsin. Pour eux, c'est le diable, l'haleine empoisonnée du désert, le souffle de cendres et de feu où la colère d'Osiris rejoint celle d'Allah… Mais prenez place, je suis sûr que vous mourez de soif !

– En effet ! approuva Romain, j'ai l'impression que ce vent m'a rendu aussi sec qu'un squelette.

À la flamme dansante de la lampe, le regard d'Umberto brillait étrangement. Il observait Romain avec attention, mais non sans bienveillance.

Il appela un garçon qui accourut en portant deux assiettes. Le menu unique et invariable pour chaque jour de l'année : un pigeon grillé, agrémenté de boulettes de riz au jus, et une salade de

tomates et de concombres, baignant dans une huile épaisse. Le dessert changeait suivant la saison : une orange ou une poignée de dattes luisantes. Tout était posé sur la table en même temps ; on pouvait rester dix minutes ou quatre heures, cela dépendait uniquement de la quantité de bière avalée.

— Cheikh Abdul n'est pas là ? demanda Romain.

— Il déteste ce vent... Il s'est réfugié à l'étage, où il tourne comme un fauve en attendant que la tempête s'apaise. Rien ne l'indispose davantage que la colère du désert. Il la considère un peu comme une offense personnelle.

Ils mangeaient, lentement, avec les doigts, s'essuyant de temps à autre à un torchon douteux, abandonné à cet effet par le garçon sur un coin de la table. Ni l'un ni l'autre ne voulait ouvrir le feu de la conversation. Romain repensait à la course éperdue du jeune Italien, cet après-midi, lorsqu'il avait aperçu la jeep des Allemands démarrer en trombe vers Louxor. Savait-il que le professeur Mancuso y gisait sur la banquette arrière, peut-être ligoté et drogué ?...

Comme si Umberto Pista avait saisi les pensées de Romain, il dit :

— Je vous ai faussé compagnie un peu vite, tout à l'heure, je vous prie de m'en excuser.

— Vous aviez sans doute une bonne raison pour cela.

— La meilleure du monde. J'avais cru voir sortir le professeur Mancuso de l'hôtel !

– Je croyais que vous ne le connaissiez pas…

– C'est-à-dire… balbutia Umberto Pista, c'est-à-dire… que je le connais très bien ! acheva-t-il, dans un grand éclat de rire.

Il observa Romain quelques secondes, avant de reprendre :

– Je pense qu'il est inutile de jouer au plus fin avec vous… Que vous le vouliez ou non, dans cette affaire, nous devons faire front commun. Vous auriez mieux fait de rester à Paris, mon cher Romain, ça vous aurait évité de vous trouver plongé au cœur d'une histoire où, en principe, vous n'aviez aucun rôle à jouer.

– J'aimerais bien qu'on me l'explique, ce rôle !

– La pièce qui se joue en ce moment est un peu embrouillée, et les rôles n'ont pas été distribués définitivement… Voyez-vous, au théâtre, il y a les bons et les méchants. Mais, dans la vie, c'est déjà un peu plus compliqué. Ainsi hier, vous ai-je pris pour un méchant…

– Merci ! dit Romain, que le ton de comédie adopté par Umberto réjouissait beaucoup. Vous aussi, je vous ai pris pour un méchant !

– Et nous nous sommes trompés tous les deux ! Vous êtes excusable, je le suis moins…

– Pourquoi ?

– Parce que, dans mon métier, on n'a pas le droit de se tromper, c'est tout.

– Est-il indiscret de vous demander quelle mystérieuse profession vous exercez ?

– C'est très indiscret ! opina cocassement Umberto, mais je vais vous répondre quand même. Je suis envoyé par les services secrets italiens pour veiller à la sécurité du professeur Mancuso… Ne me prenez pas pour plus bête que je ne suis. Si tant est que j'aie fait erreur, et que vous soyez notre ennemi, je tiens à vous préciser que nous ne reculerons devant aucun moyen pour vous neutraliser, et que mon présent aveu ne vous servirait pas à grand-chose… Mais l'enquête que j'ai menée sur vous m'a rassuré. J'ai reçu de Paris, ce matin même, la confirmation de votre parfaite innocence. Et, ce qui est mieux, de votre courage. Vous me serez un allié précieux, M. Desroches s'en porte garant.

– M. Desroches ! s'écria Romain.

– Lui-même ! acquiesça Umberto, qui jouissait visiblement du trouble dans lequel ses révélations plongeaient le reporter de *Paris-France*. M. Desroches compte de nombreux amis aux services secrets – l'inverse serait une faute professionnelle pour un directeur de journal ! Par leur intermédiaire, votre patron a répondu à la petite enquête vous concernant. Et le rapport est excellent !

Romain écoutait, bouche bée. Quand Umberto eut fini de parler, il ne put s'empêcher de manifester son admiration.

– Chapeau ! Vous m'avez berné comme un enfant… Je n'avais rien compris. Toutes mes félicitations !…

– Allons ! allons ! Ne nous satisfaisons pas de si

peu. Il nous reste à retrouver le professeur. Autant dire que nous n'avons encore rien fait.

– Le professeur est vivant ! proclama fièrement Romain, qui tenait là l'occasion d'épater Umberto et de prouver le bien-fondé de l'appréciation de Desroches. Hassan l'a aperçu cet après-midi dans la jeep.

– Hassan ? s'étonna Umberto. Et il vous en a parlé ?

– Oui !

– Étrange ! Très étrange…

Le jeune homme semblait désemparé, en proie à une incertitude soudaine.

– Pourquoi Hassan vous a-t-il parlé de cela ? murmura Umberto, comme pour lui-même.

– Hassan est avec nous, avança Romain.

– Hassan n'est avec personne… En l'occurrence, il serait plutôt contre nous. Il trafique depuis des années avec Günter et Klaus.

– Mais il les déteste… Ils refusent de lui payer une note d'hôtel depuis deux ans.

– Une note d'hôtel ! ricana Umberto. Comme si Hassan se contentait de vivre de son commerce d'hôtelier… Ce qu'ils refusent de lui payer, c'est un lot de quinze vases canopes, qu'il a découverts dans une tombe. Ils ont prétendu que les vases étaient faux, alors qu'ils les ont revendus à prix d'or à un collectionneur américain. L'histoire est connue à Louxor… Mais, ce que je ne comprends pas, c'est

qu'il vous ait parlé du professeur… À moins que !
*Dio mio !* Pourvu qu'il ne soit pas trop tard !

Umberto finit d'un trait son verre de bière et
bondit hors de la pièce, en courant.

— Suivez-moi ! cria-t-il à Romain. Et vite !

Les deux hommes se lancèrent dans une fréné-
tique galopade dont l'objet échappait à Romain.
Dehors, ils faillirent renverser Ibrahim qui attendait, debout contre la porte. À la vue du gamin,
Umberto poussa une exclamation rageuse.

— Nom d'une pipe !… Et le gamin est là ! Que je
suis bête !

Sans rien comprendre à cette cavale-panique,
Ibrahim leur emboîta le pas. Le vent était presque
tombé. Le ciel s'éclairait à nouveau de poignées
d'étoiles, à peine voilées par les derniers nuages de
sable. Le bruit de leur course déclencha un concert
d'aboiements sur les hauteurs de Gournah. Umberto
s'essoufflait, sans cesser de pester contre lui-même.

— C'est ma faute, mon Dieu !… Et pourtant, je le
savais… Quel fieffé imbécile je suis…

Ils arrivèrent en vue des temples de Médinet-
Habou, au moment où la lune se désempêtrait de la
tempête, éclairant de sa lueur métallique le désert res-
suscité. L'air redevint immobile, dans un étrange
silence assourdissant.

Ils s'engouffrèrent tous les trois en même temps
dans l'hôtel.

— Cherchez Hassan ! hurla Umberto en ouvrant

les portes des chambres du rez-de-chaussée l'une après l'autre… Ibrahim ! Allume toutes les lampes que tu trouveras. Vite !

Romain grimpa l'escalier quatre à quatre. Personne sur la terrasse. Personne dans aucune des chambres. Personne dans les deux petites pièces occupées par Hassan, au bout du long couloir de l'étage… Il fut bientôt rejoint par Umberto, les yeux dilatés par l'angoisse, le visage baigné de sueur, les cheveux en broussaille.

— Et alors ?

— Alors rien ! dit Romain, bras ballants.

— Ce n'est pas possible !… Il doit être ici. Il faut chercher encore.

Umberto avait à peine achevé sa phrase qu'ils entendirent un cri d'épouvante, venant de derrière la maison.

— Ibrahim ! s'exclama Romain.

Ils redescendirent, traversèrent la grande salle et la cour-jardin derrière l'hôtel. Dans un coin, se dressait un obscur appentis qui faisait office de cuisine. On entendait à l'intérieur un bruit de sanglots hoquetés. Ils entrèrent.

Aux pieds d'Ibrahim, dans un désordre de bataille, Hassan gisait, le crâne défoncé, au milieu d'une mare de sang.

# 7

Ibrahim ne pouvait plus s'arrêter de pleurer. Ses yeux, dilatés de terreur, fixaient Hassan, horriblement défiguré. Romain prit l'enfant dans ses bras et lui caressa la tête, doucement, en mettant dans son geste toute la tendresse, toute la détresse de son propre cœur. Ibrahim commença à se calmer. Il se mit à parler en arabe, comme pour être compris de lui seul, ou de l'âme du pauvre Hassan.

Celui-ci avait été frappé à plusieurs reprises avec un gros poêlon en fonte, qui avait roulé dans un angle de la pièce et portait des traces de sang, collé de touffes de cheveux.

— Il n'y a plus rien à faire ! dit gravement Umberto. La mort est récente, le sang n'est pas encore sec. Il n'y a pas plus d'une demi-heure que ce carnage s'est déroulé… Quand je pense que j'aurais pu l'éviter !

— Comment ?

— Lorsque vous m'avez dit que le malheureux Hassan avait aperçu le professeur…

— Mais nous sommes accourus presque aussitôt !

— C'est vrai ! reconnut Umberto, c'est vrai, mais j'aurais dû deviner avant…

— Il n'est plus temps de regretter ! dit Romain. Nous avons fait ce que nous avons pu… Est-ce que vous savez comment ça s'est passé ?

— Je crois que oui ! soupira Umberto… Voyez-vous, Hassan a joué un jeu très dangereux contre des gens plus forts, et surtout plus déterminés que lui… Et il a perdu ! Cet après-midi, en apercevant le professeur dans la voiture de Klaus Hartmann et de Günter Strauss, lui est venue l'idée qui s'est révélée fatale. Il a tout simplement fait du chantage aux deux Allemands : ou ils lui remboursaient leur dette, et sans doute un peu plus, ou il les dénonçait à la police. Il leur a fixé rendez-vous ici, à l'heure où vous deviez dîner chez Cheikh Abdul et, pour plus de sûreté, il a obligé Ibrahim à vous accompagner. Ni vu ni connu. Aucun témoin…

— Mais pourquoi l'avoir assassiné ?

— C'est en effet très maladroit. Ils auraient pu payer simplement, quitte à lui promettre une somme encore plus importante s'il se tenait coi jusqu'à la fin… Mais c'est là qu'Hassan a manqué de finesse. Pour appuyer son marché, il a dû leur dire tout ce qu'il savait de leurs agissements… car je suis sûr qu'Hassan connaissait l'endroit où Mancuso est séquestré. Et là, ils ont compris que l'homme était dangereux. Même s'ils ne sont pas venus avec l'intention de le tuer, ils y ont été forcés. Qu'une seule personne connût la vérité et tout leur plan pouvait s'écrouler ?… Ce qui complique notre tâche, car maintenant ils sont obligés de se cacher. Ils ne vont pas s'amuser à réapparaître au grand jour.

— Mais qui sont-ils ?…

— Les deux Allemands ? De simples sbires, des hommes de main sans foi ni loi, des exécutants… Deux brutes manipulées et sans cervelle. Car, même s'il s'imposait, leur crime est une grande maladresse, dont ils auront du mal à se justifier en haut lieu.

— En haut lieu ? répéta Romain, intrigué.

— Mais oui, le cerveau de l'affaire est ailleurs… À l'étranger, bien sûr, mais aussi à Louxor où, malgré une filature attentive, je ne suis pas parvenu à découvrir quoi que ce soit depuis deux mois que dure mon enquête… Mon cher Romain, vous avez devant vous le plus fieffé crétin que la terre ait jamais porté… Il va falloir agir vite, désormais. Après ce crime, qui chamboule tous leurs plans, ils ne vont pas s'éterniser dans la vallée…

Ibrahim avait cessé de pleurer. Avec des gestes mécaniques, le regard halluciné, il remettait un peu d'ordre dans l'appentis, en évitant soigneusement de porter les yeux sur le cadavre de son oncle.

— Il faut le ramener avec nous à l'hôtel Mersam, souffla Umberto à l'oreille de Romain. Nous n'avons plus rien à faire ici. Je téléphonerai à la police demain matin, ils viendront s'occuper du corps…

D'abord, l'enfant ne voulut rien entendre. Il exigeait de veiller son oncle la nuit entière, seul avec lui. Romain dut user de toute sa diplomatie pour qu'il consente enfin à les suivre. En fermant la porte de l'hôtel, Ibrahim se remit à pleurer, et personne n'eut le cœur à le distraire de sa tristesse.

Sur le conseil d'Umberto, Romain avait pris sa bicyclette.

— Nous en aurons besoin, dit le jeune Italien. C'est notre seul moyen de locomotion, et je puis vous garantir que la nuit sera longue. Nous ne sommes pas au bout de nos peines !… Mais qu'est-ce qui vous fait sourire ?

— L'idée d'un agent secret roulant à bicyclette, répondit Romain. Imaginez James Bond sur des patins à roulettes !

Comme Ibrahim s'était approché d'eux, Umberto n'osa pas relever la plaisanterie.

— Il va falloir que je rentre chez mes parents ! murmura le gamin.

— Ne te préoccupe pas de cela, le rassura Romain. Je te raccompagnerai à Assiout dès que possible. Nous ne t'abandonnerons pas. Sois tranquille.

Ils finirent le trajet sans plus échanger une parole. À présent, la lune resplendissait de tout son éclat. Elle jetait des reflets argentés sur les portiques et les colonnades du temple d'Hatshepsout. À l'horizon, les lignes fuyantes du désert se perdaient dans le ciel. Dans l'esprit de Romain, le meurtre d'Hassan semblait soudain un événement intemporel, perpétré symboliquement et à intervalles réguliers, depuis le commencement des siècles. Au pays des morts, la mort n'est qu'une illusion. Simplement, une âme de plus rôdait dans cet immense cimetière désertique qu'est toute la rive gauche du Nil, depuis les pyramides de Gizeh jusqu'aux grands temples d'Abou Simbel. Hassan avait rejoint le royaume d'Osiris pour y trouver enfin la paix. Et, comme pour authentifier cette présence invisible, désormais bienveillante, les lumières se rallumèrent dans la vallée. Une brise douce, presque fraîche, avait succédé à la violence du khamsin.

Dans la cour de l'hôtel, trois faibles ampoules dispensaient un éclairage de crèche sous la voûte des palmiers. Cheikh Abdul était assis sur les marches de la cuisine, mâchouillant une pipe de kif.

— *Good evening, my friends !* dit le Cheikh, avec un comique accent qui trébuchait sur les r. *Do you want to eat ?*

— *No ! Thank you very much…* refusa poliment Umberto.

La conversation se poursuivit en anglais. Ibrahim et Romain s'étaient assis sur une banquette, renonçant à suivre le dialogue, qu'Umberto paraissait conduire prudemment, avec une grande diplomatie.

Le visage du Cheikh demeurait imperturbable mais, dans ses yeux, passaient toutes les nuances de l'intelligence et de l'ironie. Son duel verbal avec le jeune Italien semblait lui procurer un plaisir rare, aiguiser son esprit dans tous les raffinements de la dialectique orientale. Et la finesse, la subtilité de son interlocuteur, le flattaient davantage encore. Cheikh Abdul ne doutait pas de sa supériorité, mais se mesurer à un adversaire de la trempe d'Umberto lui offrait un surcroît de satisfaction. Le nom des deux Allemands, celui du professeur Mancuso, d'Hassan, d'Hatshepsout étaient des ponctuations qui revenaient souvent dans cette conversation incompréhensible pour Romain. Une seule fois, le Cheikh perdit contenance. Il fit mine de lever sa canne sur Umberto. Et, aussitôt après, un sourire de connivence admirative illumina son beau visage de patriarche. Umberto soupira et sourit à son tour en s'inclinant respectueusement devant le vieux Cheikh. Il était visiblement soulagé de l'heureuse issue de leur conciliabule. Le jeune Italien vint s'asseoir près de Romain.

— Eh bien ! dit-il, ça n'aura pas été sans mal, mais je suis arrivé à lui faire dire ce que je savais qu'il savait. Ça a peut-être été un peu long, mais je vous assure que ce n'est pas du temps perdu.

— Expliquez-vous !

— J'étais sûr qu'Abdul exerçait sa propre police dans la vallée. Il se méfiait d'Hartmann et de

Strauss, et il les a espionnés dès le premier jour. Comme il connaît tous les coins et recoins de la région, il les a suivis sans difficulté. Et ce qu'il a découvert est capital. Il sait où se trouve le professeur Mancuso !

— Pourquoi ne l'a-t-il pas dit plus tôt ?

— Je vous le répète, il est le chef, ici. Il voulait, seul, mener l'enquête à son terme. Il ne reconnaît que sa propre autorité… C'est le meurtre d'Hassan qui l'a décidé à parler.

Romain jeta un coup d'œil sur Cheikh Abdul. Le vieillard regardait le ciel, plongé dans une méditation sans fond, comme insensible au drame qui se jouait.

— Le professeur Mancuso est dans la Vallée des Rois, poursuivit Umberto. Il est séquestré dans le tombeau d'Hatshepsout où, grâce à ses recherches dans la fausse tombe de Deir el-Bahari, il a pu découvrir une chambre secrète, encore inviolée… la chambre du trésor. Elle était précisément indiquée sur les hiéroglyphes du tombeau que vous avez visité cet après-midi, et que personne, étrangement, n'avait pris la peine de déchiffrer… Comme vous l'aviez compris, le professeur n'avait pas achevé ses relevés. Il aura été enlevé plus tôt que prévu, pour je ne sais quelle raison… Et c'est pour ça que Strauss et Hartmann sont venus prendre des photos, cet après-midi.

— Mais des centaines de touristes défilent chaque

jour dans les tombes de la Vallée des Rois ! objecta Romain. Comment se fait-il que ?...

— La tombe d'Hatshepsout est fermée depuis des années, trancha Umberto. Elle est trop difficile d'accès et les travaux de restauration n'ont jamais été entrepris. Il y a deux nuits, quelques heures après la disparition de Mancuso, Cheikh Abdul a suivi les Allemands en coupant à travers la montagne. De là, on peut observer la route qui mène à la Vallée des Rois. Il en connaît tous les tombeaux et, quand il les a vus entrer dans celui d'Hatshepsout, il a compris. Mais il a jugé qu'il était trop tôt pour intervenir.

— Je ne comprends pas qu'ils aient pris le risque d'emmener le professeur à Louxor, aujourd'hui...

— C'est mystérieux, en effet, reconnut Umberto... peut-être refusait-il de travailler pour eux et, par mesure d'intimidation, ils l'ont conduit à leur chef, qui aura su le convaincre par d'autres méthodes... Mais ce n'est pas clair, c'est vrai !

Umberto était embarrassé. À peine reconstitué à certains endroits, le puzzle de l'intrigue se défaisait à d'autres. Et une part du mystère résolue, dix nouvelles questions se posaient...

— En tout cas, dit Umberto, nous filons dare-dare dans la Vallée des Rois. Il n'y a pas une seconde à perdre.

Ils prirent chacun leur bicyclette. Ibrahim tint absolument à les accompagner. Il ne voulait pas rester seul à l'hôtel avec Cheikh Abdul et menaçait de retourner veiller la dépouille de son oncle si l'on ne se pliait pas à sa volonté. Romain sentit du désespoir dans cette détermination à les suivre. Et puis, Ibrahim pouvait leur servir de guide... Il accepta.

Dans la nuit claire, ils se lancèrent aussi vite qu'ils le purent à l'assaut de la montagne thébaine. Tout dormait dans la plaine. La nature semblait figée dans ce silence aux harmonies retrouvées qui suit les orages et la tempête.

Jusqu'à Drah Abou'l Neggah, la route filait droit. Ce n'est qu'après le croisement, au nord du temple de Séthi Ier, qu'elle se mettait à sinuer en montant vers la nécropole des pharaons. Ils traversaient un paysage de carrières dévastées, creusées de-ci de-là de grottes, où les ermites venaient s'abriter, aux premiers temps de l'ère chrétienne. Car cette terre avait connu tous les dieux et attirait dans ses ravines ou sur ses plateaux désolés les sectateurs de Horus et d'Isis, comme ceux du Christ ou d'Allah. Toutes les religions étaient venues s'y plier aux rudes lois du désert, à l'ascèse des pierres et du vent. Terre de scorpions et de gazelles, de chacals et d'aspics...

Romain pensait à l'immense peuple de fantômes, dont l'invisible procession devait se presser dans les vallons et sur les crêtes. Le vide s'animait de leur présence muette, surveillée par le vol plan des vautours.

Le faisceau d'un phare balaya la paroi nue d'un ravin. Romain rejoignit Umberto et Ibrahim qui le précédaient, une centaine de mètres plus avant.

– Une voiture ! cria Romain.

– Taisez-vous ! ordonna Umberto. Il faut se cacher.

Ils abandonnèrent les bicyclettes dans un fossé, et coururent jusqu'à un rocher qui faisait saillie dans l'ombre et que la clarté de la lune n'atteignait pas. Ils entendirent le bruit d'un moteur qui peinait dans la montée. Puis la lueur aveuglante des phares baigna tout le canyon. Une jeep apparut au tournant.

– Pourvu qu'ils ne voient pas les vélos ! murmura Romain.

Ils passèrent à leur hauteur sans s'arrêter, mais Umberto eut le temps de reconnaître distinctement les deux Allemands. Apparemment, il n'y avait personne d'autre dans la voiture, qui disparut à leur vue au virage suivant.

– Vite ! souffla Umberto, en relevant sa bicyclette. Je suis sûr qu'ils viennent récupérer le trésor. Si nous les perdons maintenant, nous ne les retrouverons jamais.

Il restait moins d'un kilomètre à parcourir avant d'accéder à l'enceinte de la Vallée des Rois. On pouvait apercevoir la maisonnette du gardien se découper dans la pénombre. La jeep s'était arrêtée. Ils virent la silhouette des deux Allemands disparaître derrière la lourde bâtisse du « rest-house », et déboucher plus haut, sur un sentier escarpé.

—Suivons-les à distance ! glissa Umberto à l'oreille de Romain. Quand ils auront pénétré dans la tombe, nous attendrons quelques minutes… et puis nous irons aussi.

—Et s'ils sont armés ? demanda Romain qui prenait conscience pour la première fois de la réalité du danger.

—Je le suis aussi ! dit Umberto, en tirant de sa poche un petit revolver chromé qui accrocha un rayon de lune. Mais j'espère ne pas avoir à l'utiliser. Allons-y !

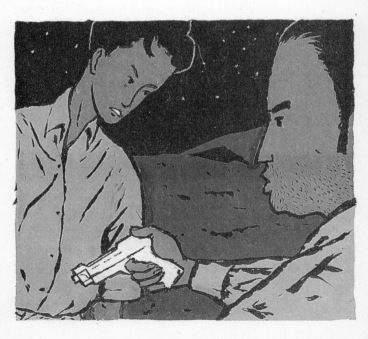

Ils laissèrent les bicyclettes au bord de la route et filèrent par la montagne, contournant le « rest-house », du côté opposé à celui emprunté par Hartmann et Strauss. Ils marchaient sur la pointe des pieds en prenant garde de ne pas faire rouler les pierres. Ils débouchèrent sur un petit promontoire qui surplombait l'entrée du tombeau d'Hatshepsout d'une dizaine de mètres, pour y voir s'engouffrer les Allemands. Ces derniers portaient une demi-douzaine de sacs vides qui allaient servir à transporter le butin. Par chance, ils ne regardaient pas dans leur direction, car Ibrahim n'avait pas eu le temps de se cacher et se trouvait à découvert.

Ils attendirent un long quart d'heure. Puis, avec d'infinies précautions, s'arrêtant à chaque pas pour écouter, ils descendirent jusqu'à l'orée de la grotte artificielle. Umberto alluma une lampe de poche qu'il avait pris soin d'emporter avec lui. Il donna d'ultimes conseils de prudence à Romain et à Ibrahim, et nos trois amis s'engagèrent dans le couloir de la tombe.

# 8

Ils s'enfoncèrent dans une obscurité qui n'avait ni rivage ni fond. Le cercle lumineux de la torche capturait par instants la silhouette hypertrophiée d'une chauve-souris voletant éperdument à la quête de nouvelles ténèbres. Les parois imprécises et fuyantes du tombeau étaient taillées à même la roche nue. Nulle trace de bas-relief ni de peinture… Une couche de poussière molle tapissait le sol, tourbillonnant à chaque pas, au moindre geste. Le silence bourdonnait aux oreilles. Plus que la mort, l'endroit évoquait une sorte de *no man's land* initiatique entre vie et trépas, le passage intemporel du monde des vivants au royaume d'éternité. Ibrahim serrait la main de Romain à lui briser les os. Quelle ancestrale terreur ravageait l'âme du pauvre enfant, si peu de temps après l'assassinat de son oncle ?…

Le long corridor descendait en pente douce. Ils progressaient lentement, centimètre par centimètre, comme des ombres à peine rendues à la vie et que la vie effraie. L'air était devenu torride. Romain s'arrêta un instant pour ôter sa chemise, imité aussitôt par Umberto, le visage ruisselant de sueur, éructant et soufflant comme un damné sous la fourche de Belzébuth.

Ils descendaient toujours. La chaleur devenait à chaque pas plus insupportable.

— Si ça continue, murmura Umberto, je vais revenir en arrière. J'étouffe…

— Moi aussi ! hoqueta Romain. Mais nous ne devons plus être loin du fond…

— Dieu vous entende ! souffla Umberto. Ce n'est pas un tombeau ici, c'est l'antichambre de l'enfer !

Au second coude de l'interminable corridor, le jeune Italien s'immobilisa brusquement. Culbuté avec violence par Romain, il laissa échapper la lampe qui roula dans la poussière et s'éteignit. Au bas d'un escalier de plusieurs dizaines de marches, une faible lueur illuminait pauvrement le chemin qu'il leur restait à parcourir.

— Ils sont là !… dit Umberto, en rampant pour ramasser la torche, dont le verre et l'ampoule s'étaient brisés dans la chute… *Madonna* ! Nous n'avons plus de lumière… Nous sommes dans de beaux draps !

Romain tenta vainement de réparer la lampe. Rien à faire ! Il leur était impossible désormais de retourner sur leurs pas. Il ne leur restait plus qu'à se jeter dans la gueule du loup. Ils étaient trois, quatre en comptant le professeur Mancuso, contre les deux Allemands, et peut-être un de leurs acolytes préposé à la surveillance du savant... Les forces s'équilibraient d'autant plus que Romain se sentait du courage pour quinze.

Dans l'escalier, ils durent redoubler de précautions. Les marches, polies par le temps, émoussées aux angles, se révélaient dangereusement glissantes. Et la poussière n'étouffait plus leurs pas. Tâtonnant, le dos collé à la paroi, ils parvinrent jusqu'à une étroite passerelle qui enjambait un de ces puits, fréquents dans les tombeaux égyptiens et qui préservaient le sommeil éternel du pharaon de la convoitise des pilleurs de nécropoles. Au moment où ils s'engageaient au-dessus du vide sans fond, nos trois amis perçurent distinctement l'écho d'une conversation. En même temps, la clarté au bas de l'escalier se fit plus vive. La lueur tremblante d'une lampe semblait monter vers eux.

– Ils arrivent ! bégaya Romain, terrifié. Nous sommes faits comme des rats.

À présent, ils distinguaient nettement la silhouette de Klaus et de Günter qui gravissaient les marches aussi vite que le leur permettaient les sacs pesants qu'ils traînaient plus qu'ils ne portaient. Dans une minute, ils arriveraient à leur hauteur. À moins d'un miracle, l'affrontement aurait lieu sur la passerelle branlante. Avant même qu'ils aient pu retrouver le professeur Mancuso, nos amis allaient perdre la dernière manche. Comme frappé d'imbécillité à l'approche du danger, Romain, le regard extatique, les bras ballants, semblait pétrifié au bord du gouffre. Umberto n'avait pas plus fière allure. Il serrait convulsivement sur son ventre le petit pistolet chromé, dont il avait l'air de savoir se servir comme une otarie d'une machine à écrire...

Et c'est Ibrahim qui fit montre de ce génie propre aux cancres, plus assidus à la lecture des bandes dessinées qu'à celle des manuels de grammaire. Il se mit à genoux au bord de la passerelle et, s'aidant des pieds et des mains, il se laissa couler dans le vide, agrippé du bout des doigts au rebord d'une planche. Umberto et Romain l'imitèrent aussitôt en exécutant la même manœuvre, rendue plus périlleuse pour l'extravagant Italien par la majesté de son embonpoint. Affairés comme ils l'étaient, on pouvait espérer que les deux Allemands ne remarqueraient pas cette trentaine de doigts, alignés au bord de la passerelle, comme les touches d'un piano...

Et, de fait, ils passèrent sans se douter que nos trois amis pendouillaient sous leurs pieds, comme des salaisons d'automne dans une cuisine normande.

Si Romain et Ibrahim se hissèrent prestement sur la passerelle après le passage de leurs ennemis, ce ne fut pas une mince affaire de récupérer Umberto qui gesticulait comme un pauvre diable, au risque d'aller s'écraser au fond de l'oubliette pharaonique. Le pistolet coincé entre les dents, il vociférait contre Romain, de façon fort heureusement incompréhensible pour notre héros. Une fois revenu à la surface, il ne lui fallut pas moins d'un bon quart d'heure pour reprendre ses esprits. Le pauvre tremblait de tous ses membres, à la grande joie d'Ibrahim qui s'amusait beaucoup, oubliant sa propre frayeur.

— Ressaisissez-vous ! dit Romain, au bout d'un moment. Ils ne vont pas tarder à revenir…

Et ils poursuivirent leur descente vers la chambre de la reine. À trois reprises encore, l'escalier était interrompu par des puits, enjambés par le même genre de passerelle qui leur avait sauvé la vie quelques instants plus tôt. La porte d'accès à la salle du sarcophage était baignée de lumière.

— Il doit y avoir quelqu'un avec le professeur ! souffla Umberto à l'oreille de Romain. Il faut le surprendre avant qu'il puisse donner l'alarme. Surtout, qu'il ne s'échappe pas !…

— Comment pensez-vous faire ?

— Nous précipiter tous les trois dans la pièce en courant et nous jeter sur le gardien pour lui casser la figure…

— C'est le plan le plus ridicule et le plus dangereusement puéril qu'on m'ait jamais soumis ! marmonna Romain.

— Si vous en connaissez un meilleur, je vous écoute !…

Romain, à vrai dire, comme en maintes autres occasions de sa vie, n'avait pas la plus petite idée de la marche à suivre.

— On pourrait, proposa-t-il cependant, jouer les touristes égarés, dire qu'on s'est perdus… ça surprendra le type, et ainsi on pourra le circonvenir plus facilement…

— Excellent ! approuva Umberto narquois. Et s'il nous tire dessus, on fera semblant d'être morts…

À ce point du discours, ils s'aperçurent qu'Ibrahim avait disparu… et le virent bientôt sortir de la chambre du sarcophage, l'air le plus serein du monde.

— Le professeur est tout seul ! déclara le gamin triomphant.

— Tu l'as vu ?…

— Oui, mais lui, il ne m'a pas vu… Il semble très occupé à ranger des affaires… je voulais que ce soit toi qui lui parles le premier, ajouta Ibrahim, en désignant fièrement Romain.

— Allons-y, dit Umberto.

Ils pénétrèrent dans la chambre royale, une vaste pièce nue, violemment éclairée par une lampe à pétrole posée sur le rebord d'un sarcophage éventré. Il n'y avait personne.

— Mais où est donc le professeur ? bougonna Romain. Tu t'es payé notre tête !

— Là ! répondit joyeusement Ibrahim, en montrant une brèche étroite, ouverte récemment – à en

juger par la propreté de l'entaille – dans un angle du caveau.

Nos trois amis se glissèrent dans la fente qui donnait sur un couloir de quelques mètres. Celui-ci ouvrait sur une pièce, sensiblement moins grande que la précédente, qui offrit à leurs yeux l'étonnant spectacle d'une caverne d'Ali-Baba après un tremblement de terre.

Dans un indescriptible désordre s'entassait jusqu'au plafond tout le mobilier funéraire de la plus grande reine d'Égypte, un monstrueux tas de coffres, de lits de parade, de sièges, de trônes et de statues. Des masques en or massif, à l'effigie de la souveraine, gisaient çà et là dans la poussière, au milieu de vases d'albâtre finement sculptés et d'objets rituels en pâte de verre ou en bois doré. Dans des panières tressées, s'amoncelaient des feuilles et des pétales de fleurs séchées, écloses sous le soleil d'un jour de printemps, trente-cinq siècles auparavant. Dans des coffrets d'ébène laqué d'azur et d'or, reposait le plus précieux trésor d'Hatshepsout : bagues, colliers, bracelets, pectoraux, pendants d'oreilles, étuis en or, par dizaines, par centaines… Aux bijoux les plus rares, se mêlaient des figurines magiques en pierre, en ivoire, en argent. Il y avait encore des rouleaux de papyrus couverts de hiéroglyphes, des vêtements brodés aux coloris éclatants et aussi des armes, des flèches, des boucliers, des éventails en plumes d'autruche, des instruments de musique aux

100

harmonies oubliées depuis des millénaires… Sur un coffre orné de scènes guerrières trônait un masque funéraire d'Hatshepsout, incrusté de lapis-lazuli. La souveraine semblait contempler avec sérénité le saccage de son tombeau, indifférente à la rapacité du monde des vivants.

Pétrifiés par le spectacle, Romain et Umberto avaient à peine pris garde au professeur Mancuso qui leur tournait le dos, et n'avait pas davantage remarqué leur présence, trop occupé à ranger précautionneusement des bijoux dans une mallette. Umberto fut le premier à recouvrer ses esprits.

– *Professore ! professore !… finalmente l'abbiamo ritrovato !…* s'exclama-t-il, en marchant vers le vieil homme, qui se retourna avec un sursaut de frayeur.

– Mais… mais qui êtes-vous ?…

Umberto s'employa à lui expliquer rapidement la situation. Le professeur Mancuso pouvait avoir soixante-cinq ans. Très grand, il était d'une maigreur et d'une pâleur cadavériques. Ses yeux noirs, profondément enfoncés dans ses orbites, jetaient des regards éperdus dans toutes les directions. Il avait l'air d'avoir de la fièvre. Ses longues mains décharnées tremblaient violemment. La réclusion dans le tombeau semblait lui avoir ôté la raison.

– Il ne veut pas nous suivre ! chuchota Umberto à voix basse. Quel fou !…

– Pourquoi ?

– Il dit que cette découverte, c'est toute sa vie, et

qu'il ne veut pas laisser tomber le trésor entre les mains de ces malfrats... Il n'a pas peur du danger... Il se fait fort d'empêcher à lui seul que le trésor quitte l'Égypte...

— Il est complètement branque!... suggéra Romain.

— Complètement!... Il n'y a rien à tirer de cet écervelé. Il va falloir l'emmener avec nous par la force. Une fois qu'il sera tiré d'affaire, nous nous

occuperons des deux autres… S'ils veulent tout emporter ici, il leur faudra jusqu'à demain ! Ça nous laisse du temps pour agir.

Ibrahim, qui s'était posté en sentinelle au pied de l'escalier, revint en courant.

– Je les ai entendus !… Ils reviennent ! balbutia le gamin.

– Eh bien, nous sommes frais ! ragea Umberto. Je vais encore essayer de convaincre cet olibrius.

Mais l'olibrius ne voulut rien savoir. Il avait décidé de rester, une bonne fois pour toutes, et à l'effarement buté qu'on pouvait lire dans ses yeux il était facile de comprendre que rien ne le ferait changer d'avis.

— Tu l'auras voulu, vieil entêté ! dit calmement Umberto, en assenant sur le crâne chauve du professeur un généreux coup de la crosse de son revolver.

Mancuso s'écroula dans les bras de Romain, sans connaissance.

— Et maintenant, poursuivit Umberto, écoutez-moi bien ! Au bas de l'escalier, j'ai remarqué une sorte de niche dans laquelle nous pourrons nous dissimuler tous les quatre. Dès que Günter et Klaus seront passés, nous nous mettrons à galoper vers la sortie. Nous n'aurons que quelques dizaines de secondes d'avance sur eux car, lorsqu'ils auront constaté la disparition du professeur, ils vont le chercher et ils ne mettront pas longtemps à nous retrouver... Notre seule chance à ce moment-là, c'est d'avoir atteint le premier tournant du couloir... De là, je pourrai les tenir en respect quelques instants avec mon revolver. Vous, sans perdre une seconde, vous porterez le professeur jusqu'à la sortie en vous faisant aider par Ibrahim... Pour le reste, advienne que pourra... *Inch'Allah* !

— Et tout ça dans l'obscurité la plus totale !... fit remarquer Romain.

— Nous n'avons pas le temps de faire venir un électricien ! répondit sèchement Umberto.

Ils tirèrent le corps inerte du professeur jusqu'à la sortie de la salle du sarcophage et se tassèrent dans un renfoncement de la paroi, au moment où les deux Allemands commençaient à dévaler l'escalier. Une fois de plus, la chance fut avec nos amis : on passa sans les voir.

Dès que les malfaiteurs eurent franchi le seuil de la chambre funéraire, ce fut la ruée dans l'escalier. Romain avait chargé le professeur sur son dos. Heureusement le savant ne pesait pas lourd et Romain était fort. Ibrahim ouvrait la marche. Derrière, les ahanements d'Umberto scandaient les difficultés de leur fuite.

Ils franchirent le premier puits, le second, le troisième... lorsqu'un coup de feu éclata, qui résonna longuement dans la galerie. On était à leurs trousses.

— Plus vite !... plus vite !... hoquetait Umberto, ralentissant lui-même la marche, à bout de forces.

Romain se sentait des ailes mais il n'y voyait goutte, ce dont peut s'accommoder une chauve-souris, mais pas un reporter-photographe. Ivre de peur, il titubait, en ricochant d'une paroi à l'autre. Cette fuite bouffonne les amena enfin au premier coude du corridor. Il était temps !... Un nouveau coup de feu venait de siffler aux oreilles de Romain.

— Allez-y ! hurla Umberto. Ne vous occupez pas de moi !...

# 9

Romain courut longtemps à l'aveuglette, hébété d'épuisement et de peur. De temps à autre, le silence était rompu par l'éclat de tonnerre d'un coup de feu, de plus en plus lointain. Romain trébucha, s'affala de tout son long et manqua s'assommer. Ibrahim l'aida à se relever. Le professeur avait donné de la tête contre la paroi ; il était deux fois groggy. À bout de souffle, hagards, titubants, ils se remirent à courir.

Une lueur très pâle se précisa bientôt au bout du tunnel. L'air devenait moins étouffant. Ils approchaient de la sortie. Une lune pleine se profila dans l'embrasure de la roche. Romain aspira à longues coulées l'air plus frais de la nuit. Ils furent dehors.

Le professeur n'était toujours pas revenu à lui. Romain l'allongea à même le sol, enfila sa chemise et s'assit à l'entrée du souterrain en attendant l'arrivée d'Umberto. Aucun bruit ne se faisait entendre dans la tombe. Les coups de feu avaient cessé. Romain se demandait avec inquiétude si le jeune

Italien avait été blessé et capturé, tué peut-être… Il hésitait à retourner dans le tombeau pour le chercher. L'attente se prolongeait, plus angoissée d'instant en instant…

Au bout d'un moment, n'y tenant plus, il se résolut à retrouver Umberto coûte que coûte. Il fit le chemin en sens inverse. Il n'eut pas à marcher longtemps. Le frottement d'un corps qui se traînait par terre attira son attention. Il appela…

– C'est moi !… répondit la voix saccadée d'Umberto. Venez m'aider. Ils m'ont eu…

Umberto avait été blessé à la jambe. Romain s'employa, non sans mal, à le remettre sur pied.

– Je crois que ce n'est pas grave, dit Umberto, mais ça fait un mal de chien… En tout cas, après cet exploit, ils ont disparu…

– Où sont-ils passés ?…

– Je pense qu'ils sont allés récupérer les bijoux. Ils ne vont pas tarder à revenir.

En clopinant sur sa jambe valide et en s'appuyant à l'épaule de Romain, Umberto put atteindre la sortie. Romain examina la blessure : elle était peu profonde mais saignait abondamment. Le visage crispé du jeune Italien portait la trace d'une vive souffrance.

– Nous devons gagner un endroit sûr ! dit-il. Occupez-vous du professeur ! Ibrahim m'aidera à marcher… Hâtons-nous. Nous sommes vraiment en danger… j'ai perdu mon arme…

Le triste cortège dévala du plus vite qu'il put le

sentier qui conduisait au « rest-house ». Chaque mouvement arrachait à Umberto des gémissements irrépressibles. Ils étaient à peine parvenus à mi-pente qu'un coup de feu déchira de nouveau le silence de la nuit. Günter et Klaus venaient de surgir sur l'esplanade.

— La jeep ! cria Umberto. C'est notre dernier espoir…

— Nous n'avons pas les clefs… nous ne pourrons jamais la faire démarrer !

— La route descend jusqu'à la vallée… Il nous suffira de pousser au départ… Vite ! Ils vont nous rattraper…

Avec l'énergie du désespoir, ils ne mirent que quelques secondes pour arriver au véhicule. Umberto s'installa au volant, tandis que Romain jetait le corps du professeur sur la banquette arrière, avant de rejoindre Ibrahim qui poussait en vain, arc-bouté au pare-chocs. Klaus et Günter, ralentis dans leur course par les lourds sacs qui contenaient le trésor d'Hatshepsout, n'étaient plus qu'à une vingtaine de mètres.

— Faites-moi décoller cet engin de malheur ! hurla Umberto.

Et, comme pour répondre à cette injonction désespérée, la jeep commença à s'ébranler, glissant avec un crépitement accéléré sur les gravillons du parking. Lorsqu'elle eut acquis assez d'élan, Romain et Ibrahim s'engouffrèrent par la portière avant, au moment où Klaus et Günter arrivaient à leur hauteur. Ils tentèrent de s'accrocher à la bâche, mais la vitesse croissante du véhicule les obligea bientôt à lâcher prise. C'est alors que Strauss dégaina son arme et tira à plusieurs reprises.

La première balle fit voler le pare-brise en éclats, passant à quelques millimètres du visage de Romain. Les autres balles manquèrent leur cible, sauf une qui fit éclater le pneu arrière gauche. La jeep se mit à zigzaguer dangereusement sur le bas-côté. Umberto, handicapé par sa blessure, craignit de perdre le contrôle du véhicule. Mais la piste, à cet endroit était assez large et non sans peine, il parvint à rétablir la direction.

Ils sortirent en trombe de l'enceinte archéologique de la Vallée des Rois, pour se retrouver sur la route asphaltée qu'ils avaient parcourue tout à l'heure à bicyclette. Ils étaient désormais hors de portée de leurs poursuivants.

– Cette fois, soupira Umberto, j'ai bien cru que ça y était…

– Tu conduis très bien ! apprécia cocassement Ibrahim.

La voiture filait en roue libre vers le fond de la vallée. La nuit commençait à s'éclaircir, une brume opaque montait de la plaine.

— Et le professeur ?... demanda Umberto.

— J'ai l'impression qu'il dort comme un bienheureux ! répondit Romain, en jetant un coup d'œil sur le visage calme et détendu de Mancuso. Vous l'avez peut-être frappé un peu fort...

— Ne vous inquiétez pas... Je suis sûr qu'il a la tête aussi dure et aussi solide que ces babouins de granit auxquels il ressemble beaucoup... Allons, nous voici déjà à Gournah ! J'espère que cette maudite carriole aura assez d'élan pour nous conduire jusqu'au poste de police.

Le vœu d'Umberto tourna court à l'instant précis où il le formulait. Un chameau était confortablement accroupi au beau milieu de la rue du village. Insensible au klaxon de la jeep, l'animal promenait son glauque regard hautain dans la ramure des palmiers. Umberto freina si violemment que le véhicule fit un tour complet sur lui-même avant de s'immobiliser.

Les quatre occupants de la jeep se retrouvèrent entassés sur la banquette arrière. Le professeur Mancuso daigna ouvrir un œil et s'enquit de l'évolution des événements. Umberto, sa jambe blessée coincée sous le tas que formaient Romain et Ibrahim, était partagé entre le désir de hurler de colère ou de douleur, mais il se tenait stoïquement coi en attendant que les autres se dégagent.

Le vacarme de l'accident avait attiré quelques fellahs qui se rendaient aux champs, montés sur des ânes. Après quelques palabres, Ibrahim réquisitionna d'office deux bourricots, sur lesquels on hissa Umberto au bord de l'évanouissement, et le professeur Mancuso. Avant de partir, Romain pensa à récupérer les sacs, contenant une partie du trésor d'Hatshepsout. Il y en avait quatre, alignés côte à côte dans le coffre. Il se chargea des deux plus lourds et confia les autres à Ibrahim. Comme il s'apprêtait à refermer le coffre, il aperçut une enveloppe sale et chiffonnée, maculée de graisse, et ainsi libellée :

Mr John Arbakos
Sharia Muhammad ala el Din, 66
Louxor Egypt

C'était, à n'en pas douter, la même écriture que celle du message lui enjoignant de déguerpir, trouvé le premier soir sur la table de sa chambre, à l'hôtel Habou. Romain ramassa l'enveloppe, la glissa dans sa poche et referma le coffre de la jeep.

Umberto et le professeur Mancuso trottinaient sur leur âne. Le poste de police était à moins d'un kilomètre. Romain restait en retrait de cette pitoyable caravane. Une idée étrange faisait son chemin dans son esprit depuis la découverte de l'enveloppe. Il aurait aimé s'en ouvrir à Umberto, mais ce dernier n'était pas en état d'écouter ses élucubrations, vraisemblablement spécieuses. Et pourtant...

Le jour se leva sur l'autre rive du Nil. Aux premiers rayons du soleil, la terre exsuda une légère vapeur mauve, comme si la nuit s'évaporait dans l'effervescence de l'aube. Ils furent en vue du poste de police, gardé par deux plantons, nonchalamment appuyés sur leur fusil à longue baïonnette. Romain sentit le découragement le gagner à la perspective de devoir expliquer à présent toute l'affaire à quelque fonctionnaire obtus qui poserait mille questions avant de daigner agir. Umberto l'appela.

– Laissez-moi faire ! dit-il. Ils me connaissent. Moi, ils me croiront...

Et, de fait, le chef de poste accueillit nos amis avec chaleur et courtoisie. Il envoya chercher un médecin pour Umberto et s'empressa de téléphoner à Louxor qu'on avait retrouvé le professeur Mancuso. On leur offrit du thé et du pain. Ils reprenaient lentement des forces après une nuit si mouvementée.

Une demi-heure plus tard, un fort contingent de policiers arriva de Louxor avec, en tête, l'inspecteur général de la province. Une trentaine d'hommes, entassés dans deux camions, repartirent aussitôt pour la Vallée des Rois. Klaus et Günter avaient probablement filé, mais il était plus que temps de mettre sous séquestre ce qui pouvait encore être sauvé du trésor d'Hatshepsout. Au nombre des policiers, Romain reconnut les deux inspecteurs qui étaient venus l'interroger la veille. Ils le saluèrent froidement, avant de se lancer avec leur chef dans un interrogatoire détaillé du professeur Mancuso.

Ce dernier commença par bredouiller qu'il ne savait rien, ou presque. Toujours sous le choc de son enlèvement et de sa macabre détention, il hoquetait des phrases sans queue ni tête, pour la plupart incohérentes. On le croyait au bord des larmes, il éclata de rire. Il promettait une révélation sensationnelle pour avouer, finalement, qu'il avait eu peur de l'obscurité. Il avait compris que ses geôliers n'étaient pas égyptiens… puisqu'ils s'exprimaient en allemand ! Il reprendrait bien un verre de thé avant de retourner sur ses fouilles !…

Les trois malheureux inspecteurs le regardaient,

interloqués. De toute évidence, le professeur n'avait plus toute sa tête, si tant est qu'il l'ait jamais eue ! De son charabia de fou, on parvint cependant à extraire quelques informations, bien misérables en vérité, et d'une utilité douteuse aux yeux des enquêteurs. Il raconta que les Allemands étaient venus le trouver un après-midi sur ses fouilles et l'avaient obligé à les suivre jusqu'à la Vallée des Rois. Umberto lui demanda si, alors, il avait déjà découvert la chambre du trésor grâce à ses relevés sur les hiéroglyphes de Deir el-Bahari. Mancuso répondit que oui, que non, que peut-être, qu'il ne s'en souvenait plus, qu'il était fatigué, que ce problème n'intéressait que la science, enfin bref ! qu'il fallait décidément le laisser tranquille si l'on ne voulait pas avoir des ennuis avec les Beaux-Arts, avec le ministère de la Culture, voire le pape et le grand Dalaï Lama… Et, dès lors, on ne tira plus du professeur que des borborygmes hargneux, entrecoupés d'interjections sibyllines en anglais, en français, en italien et en arabe. Il ressortait de tout cela que Mancuso n'avait subi aucune violence physique et qu'il avait travaillé pour les Allemands comme pour lui-même, sans presque se rendre compte qu'il était tombé entre les mains de dangereux trafiquants d'art. Restait, entre autres mystères, son voyage forcé à Louxor, lorsque Hassan avait cru l'apercevoir dans la jeep de Klaus et Günter. Mais Hassan n'avait-il pas brodé ce mensonge de toutes pièces ? Et si oui, à quelles fins ?…

Le médecin venait d'arriver. Il ausculta d'abord Umberto. Sa blessure était superficielle et se cicatriserait rapidement. Il nettoya la plaie et pansa la jambe du malade qui, d'ailleurs, ne souffrait plus et avait repris toutes ses forces. Romain faillit éclater de rire lorsque, après avoir posé quelques questions au professeur Mancuso, le médecin diagnostiqua un dérangement mental passager. Le chef de la police leva les yeux au ciel, comme pour prendre Allah à témoin de la démence du professeur et de la sottise du praticien.

Le retour de l'un des deux camions fit diversion. Bien sûr, Klaus et Günter s'étaient envolés, non sans avoir pris soin de vider le tombeau d'Hatshepsout de ses objets les plus précieux. Il ne restait plus que l'encombrant mobilier funéraire et cinq ou six statues trop lourdes à déplacer. On avait laissé quelques policiers en faction devant la tombe, au cas, bien improbable, où les voleurs reviendraient.

— Sans voiture, comment ont-ils fait pour transporter tout ça ?... Et surtout, où l'ont-ils mis ? demanda Umberto.

— Ils ont sans doute une cachette au village... Et des complices ! répondit Romain.

— J'espère que la police va passer tout ça au peigne fin... Mais, bon sang de bonsoir, que cette histoire est embrouillée.

Il fallut encore parler du meurtre d'Hassan, et subir le feu de mille questions. De toute évidence, la police piétinait autant que nos amis. L'affaire prenait des proportions dramatiques. Il n'était plus possible de la dissimuler à la presse, ni aux autorités de la capitale. Et l'inspecteur en chef enrageait devant sa propre impuissance. Il voulut même, à tout hasard, faire incarcérer Romain, et ce ne fut pas trop de toute la diplomatie d'Umberto pour l'en dissuader.

Finalement, tout le monde fut embarqué dans un fourgon cellulaire et diligemment conduit à l'hôtel Mersam. C'était encore l'endroit le plus discret de la région et, en attendant l'évolution de l'enquête, nos amis y seraient placés en garde à vue. Non qu'on les soupçonnât de quoi que ce fût, mais parce que l'inspecteur ne pouvait plus tolérer l'ingérence d'Umberto et de Romain dans ce qu'il déclarait être « une affaire strictement égyptienne »...

À leur arrivée à l'hôtel, se déroula une scène hautement comique. Cheikh Abdul refusa tout net qu'un seul policier franchisse l'enceinte de son établissement. Abdul ne plaisantait pas ; l'inspecteur dut s'incliner, non sans avoir placé une vingtaine de ses hommes armés autour de l'hôtel. Romain et Umberto n'en devaient pas sortir sans son autorisation.

— Je ne vois pas une grande différence entre ça et la prison ! maugréa Romain.

— La différence, mon cher Romain, c'est qu'ici nous ne mettrons pas dix minutes à fausser compagnie à nos gardiens !

— Pour aller où ?

— À Louxor, où nous trouverons, je pense, la réponse à bien des questions.

— Tenez ! fit Romain, en sortant de sa poche l'enveloppe découverte dans le coffre de la jeep.

Umberto lut et poussa une exclamation de joie.

— Ah ça ! Romain… toutes mes félicitations, mon vieux… John Arbakos ! l'homme que toutes les polices du monde recherchent !… Je me doutais, depuis le début, qu'il était au cœur de l'affaire ! John Arbakos !… Spécialiste des faillites frauduleuses, grand faussaire devant l'Éternel, et qui brave depuis plus de vingt ans tous les mandats d'arrêt internationaux… Mon cher, vous avez fait une découverte capitale… Un de ces gros gibiers comme il n'y en a pas dix par siècle… À coup sûr, le cerveau de la bande !

# 10

S'évader de l'hôtel Mersam fut un jeu d'enfant. Sur le coup de midi, la camionnette de ravitaillement vint faire sa livraison quotidienne. Tandis que les deux commis déchargeaient les cageots de victuailles et les caisses de bière, Umberto et Romain affectèrent de bavarder en faisant les cent pas autour du véhicule. Lorsque les commis eurent terminé leur livraison, nos amis sautèrent à l'arrière sans être vus, se dissimulant tant bien que mal sous des sacs de jute. La camionnette sortit de l'hôtel, sans que les policiers, en faction devant le portail, daignent y jeter un coup d'œil.

Deux ou trois kilomètres plus loin, Umberto frappa un coup violent à la portière. Croyant qu'une caisse était tombée à l'arrière, le chauffeur arrêta son véhicule. Romain et Umberto en profitèrent pour sauter et déguerpirent aussitôt à toutes jambes. Avant que le chauffeur ait compris de quoi il retournait, ils avaient disparu dans une palmeraie.

À pied, ils gagnèrent l'embarcadère. La course

forcée d'Umberto avait réveillé sa blessure. Il était blême.

– Ça va aller ? demanda Romain.

– Il va bien falloir ! répondit crânement Umberto. Faire toute cette gymnastique dans mon état, c'est de la folie, mais je commence à beaucoup m'amuser !…

Le bac venait d'accoster. La même foule anarchique, qui avait tellement impressionné Romain trois jours plus tôt, se pressait sur le ponton. Notre reporter avait le sentiment que plusieurs années s'étaient écoulées depuis son dernier voyage sur le vieux rafiot du Nil. Les événements s'étaient succédé à un tel rythme que Romain avait un peu perdu la notion de la durée.

Le fleuve miroitait sous le soleil à son zénith. La réverbération était telle que même les indigènes cherchaient les rares places à l'ombre, sur les galeries du vapeur brinquebalant. La route de la corniche, là-bas, devant le temple d'Amon, était presque déserte. Le feu était sur la terre et les hommes se cachaient. Près du débarcadère, des enfants, nus, se baignaient dans le Nil. À l'approche du bac, ils s'égaillèrent vers le large, ondulant comme un banc de poissons dorés… pour revenir à l'accostage du bateau, éclaboussant les femmes qui riaient.

Umberto et Romain sautèrent sur le quai. Ils firent un long détour pour éviter un groupe de trois policiers qui déambulaient paresseusement aux abords du temple. Quittant la corniche du Nil, ils s'enfoncèrent dans la ville. La plupart des négoces étaient fermés. Les ruelles, jonchées de détritus, exhalaient une odeur douceâtre. Des chiens maigres, la queue basse, la gueule à ras du sol, l'œil peureux, fouillaient les ordures avec des rauquements sourds. Un bébé était assis, nu dans la poussière, sur le pas d'une porte. De ses petites mains potelées il tentait drôlement de caresser un chien qui le reniflait avec circonspection. Dans une cage verte, accrochée à l'enseigne d'un petit restaurant, un oiseau lançait des trilles suffoqués.

– Sharia Muhammad ala el Din !... déchiffra péniblement Romain sur un panneau aux lettres à demi effacées. Nous y sommes !

La rue était vide. Très étroite, elle était protégée du soleil par des stores tendus d'une terrasse à l'autre. Ils ne furent pas longs à trouver le numéro 66. Une maison banale qui ne se distinguait en rien des autres, sinon que le battant de la porte avait été repeint récemment. Ils eurent un moment d'hésitation. Aucune fenêtre ne donnait sur la rue, aucun bruit ne se faisait entendre : impossible de savoir s'il y avait âme qui vive.

– L'endroit idéal pour se faire assassiner en toute impunité ! chuchota Umberto.

– Mais non !... mais non ! plaisanta bêtement Romain, c'est l'endroit le plus gai du monde ! Je suis sûr qu'on nous attend pour le thé...

La porte n'était pas fermée. Romain la poussa doucement. Un couloir humide desservait les deux pièces du rez-de-chaussée, dont l'une était aménagée de façon rudimentaire en chambre à coucher : deux lits de camp, deux chaises, une caisse en bois blanc en guise de table de nuit. La seconde pièce était tout à fait vide.

Un escalier aux marches de pierre chaulée montait au premier étage. Il débouchait sur une loggia ouverte qui surplombait un agréable jardinet aux murs enlacés de lourds jasmins odorants, agrémenté en son centre d'une vasque aux carrelages émaillés de bleu. Une grille entrebâillée donnait sur une venelle parallèle à la rue Muhammad ala el Din.

Il n'y avait qu'une seule grande pièce à l'étage, encombrée d'une invraisemblable collection d'antiquailles en très piteux état. Ce n'étaient que débris de bas-reliefs, sarcophages défoncés, statuettes et figurines diversement amputées, tessons de poteries, le tout recouvert d'une copieuse couche de poussière.

— On se croirait chez un antiquaire ! suggéra Romain.

— Vous ne croyez pas si bien dire... Mais tout ce déballage de pacotilles ne sert qu'à dissimuler un commerce autrement lucratif. Je suis certain que toutes les pièces de grande valeur trouvées dans la nécropole thébaine depuis des années ont transité dans ce modeste entrepôt.

Un bureau était placé face à la véranda. Dossiers et factures s'amoncelaient dans une corbeille. Umberto les feuilleta négligemment.

— Ils ne sont pas fous !… Rien que des papiers officiels… d'innocentes transactions pour touristes un peu gogos… Nous ne découvrirons rien ici.

— Attendez ! s'exclama Romain en extirpant un petit carnet de cuir noir d'une liasse de journaux arabes… Bon sang, mais c'est bien sûr !… Le carnet du professeur Mancuso !

Romain n'eut pas le loisir de s'abandonner longtemps à la joie de sa découverte. Deux hommes venaient de faire irruption dans le bureau, braquant sur nos amis deux respectables 357 Magnum : Klaus Hartmann et Günter Strauss !

— Vous cherchez quelque chose ? demanda ce dernier.

Umberto et Romain reculèrent vers la loggia sans prendre la peine de répondre.

— Eh bien ! Vous ne répondez pas ?… poursuivit Günter.

— Laisse tomber ! intervint Klaus. Nous avons assez perdu de temps comme ça… Ces deux détectives à la manque vont payer le délicieux petit tour qu'ils nous ont joué cette nuit !…

Les deux hommes s'exprimaient couramment en français, sans le moindre accent qui pût trahir leurs prétendues origines. Romain les observait : deux vraies têtes d'assassins, des regards vides où ne brillait pas la moindre étincelle d'humanité, des corps de brutes. Günter, torse nu, s'amusait à faire jouer une musculature d'athlète, embarrassé de sa propre force.

– Écoutez !... commença Umberto.

– Ta gueule, rital ! s'écria violemment Günter, se retournant vers son acolyte avec un grand sourire de satisfaction béate comme s'il venait de faire le plus raffiné des mots d'esprit. Vous nous avez assez emmerdés, maintenant vous allez payer...

Et il s'avança, menaçant, vers Umberto.

« Bon ! se dit Romain, voilà assurément deux des joyeux guignols qui m'ont si joliment arrangé le premier soir. Je me demande bien pourquoi, à l'occasion, ils s'amusent à parler en allemand, car ils ne m'ont pas l'air moins français que les vingt générations de Caire qui m'ont précédé et qui m'ont permis ainsi de me retrouver aujourd'hui dans ce foutu merdier... Amen ! »

– Eh ! toi, gueule d'ange !... hurla Günter.

Romain affecta modestement de ne pas comprendre qu'on s'adressait à lui.

– Ouais, toi... s'obstina Günter, fais pas l'innocent !... Donne-moi ce carnet !

Romain hésita une seconde de trop. Le poing de Günter s'abattit sur lui, l'envoyant dinguer jusque sur la terrasse. Plus sonné qu'il ne l'avait jamais été, Romain entendit craquer tous les os de son visage. Il pensa stupidement à Bénédicte qui le trouvait si joli garçon, au moment où il recevait sur les reins le poids non négligeable du corps d'Umberto, honoré à son tour d'un magistral crochet du droit.

Romain ouvrit un œil pour voir Günter s'avancer à nouveau sur eux, dandinant sa musculeuse carcasse comme un phénomène de foire. « Ce tas de viande va nous massacrer ! » pensa notre reporter, plus estourbi qu'un lapin qui vient de prendre une volée de plombs. Il voyait le visage d'Umberto, horriblement tuméfié, à quelques centimètres du sien.

– Sautez ! murmura tout doucement le jeune Italien.

– Quoi ?…

– Allez, sautez !

Et, bondissant comme un ressort, Umberto enjamba la balustrade de la terrasse et sauta dans la cour. Il tomba à quatre pattes, se releva aussitôt et courut jusqu'à la grille, pour disparaître dans la ruelle. Romain l'imita presque simultanément, avant que les deux brutes aient compris la manœuvre et réagi en conséquence.

En proie à une panique folle, ils coururent à perdre haleine, se retournant sans cesse pour vérifier qu'ils n'étaient pas suivis. Ils passèrent devant la gare, puis devant l'hôpital et le Winter Palace, et se mirent à cavaler sur la route d'Edfou en suivant le Nil, comme si toutes les hordes de l'enfer étaient à leurs trousses. Exténués, ils s'arrêtèrent enfin dans une crique du fleuve, bien dissimulée au cœur d'une forêt d'ajoncs et de papyrus.

Ils furent un long moment sans parler, incapables de reprendre leur souffle. Puis ils se regardèrent et éclatèrent de rire en même temps. Le poing de Günter les avait drôlement arrangés l'un et l'autre. Romain avait l'arcade sourcilière fendue et sa joue gauche n'était plus qu'un énorme hématome bleuâtre et pourpre. Umberto, quant à lui, était méconnaissable. Du front au menton, son visage était diversement bosselé. Seul l'éclat vif et malicieux de son regard lui conférait encore quelque apparence humaine.

– Cette fois, ils voulaient vraiment nous tuer ! dit Umberto.

– Croyez-vous qu'ils aient pris le risque de revenir à Louxor pour ça ?…

– Non, sans doute… Ils étaient venus chercher les dossiers pour ne laisser aucune trace derrière eux… Comment ont-ils fait pour déménager le trésor d'Hatshepsout, l'entreposer dans un endroit sûr et regagner Louxor cet après-midi, ça, en revanche, je n'en ai pas la moindre idée… Ils sont bougrement bien organisés… mais qu'avez-vous à la main ?

Sans s'en rendre compte, d'un geste machinal, Romain serrait convulsivement le petit carnet noir du professeur Mancuso. Il ne l'avait pas lâché pendant toute la bagarre, ni au cours de leur fuite éperdue dans les rues de Louxor. Umberto prit le carnet et le compulsa brièvement. Romain lisait par-dessus son épaule.

– Il n'y a rien d'intéressant là-dedans ! soupira le jeune Italien. Des notes, des plans, des gribouillis incompréhensibles…

– Mais !… s'exclama Romain.

– Quoi ?

– Mais, ça, j'en étais sûr !… s'écria notre reporter, en arrachant le carnet des mains d'Umberto.

– Mais quoi ?… Expliquez-vous, à la fin !

Romain se frappa rageusement le front de son poing fermé.

– Que je suis bête !… Crétin ! Triple crétin ! Fils de crétin et crétin toi-même !…

Umberto commençait à se demander si le cerveau de son ami n'avait pas autant souffert que son visage tout boursouflé.

— Regardez ! dit Romain, triomphant. Ouvrez bien les yeux !

Il sortit de sa poche l'enveloppe trouvée dans la jeep et la plaça entre deux pages du carnet.

— Regardez !... Vous ne remarquez rien ?

— C'est la même écriture !... constata Umberto, après un bref moment d'observation.

— Bravo !... Oui, c'est la même écriture... et c'est la même écriture aussi que celle du message de menace qu'on avait si gentiment déposé dans ma chambre...

— Ce qui veut dire... balbutia Umberto, la voix cassée, au comble de l'émotion.

— Ce qui veut dire que... le professeur Mancuso est le cerveau de l'affaire ! Nous avons été bernés comme des enfants. Ce maudit archéologue n'est pas plus archéologue que vous et moi !... Il s'est payé notre tête du début jusqu'à la fin...

— Ce n'est pas possible... bredouillait Umberto.

— Ce n'est pas possible... C'est certain ! Tout s'explique à présent... Cette nuit, dans la tombe, il ne voulait pas nous suivre... Il nous a retardés tant qu'il a pu pour permettre à ses acolytes de revenir... Et ce matin, devant la police, il a joué les détraqués, exprès... Du grand art, quel comédien !... Tout le monde n'y a vu que du feu... Moi, j'avais un doute, mais ça me paraissait trop énorme. Ah ! Il est habile !

— Alors, poursuivit Umberto, Hassan l'avait donc bien vu hier après-midi ?...

– Bien sûr ! Il n'a jamais été prisonnier… Il a fait toute cette comédie pour brouiller les pistes ! On l'aurait retrouvé, « il se serait fait retrouver », après avoir mis le trésor d'Hatshepsout en sûreté à l'étranger… Ni vu ni connu. Blanc comme neige !… Et Hassan, dans tout ça, a joué un jeu extrêmement subtil… Il nous a livré des renseignements exacts, savamment dosés, pour se blanchir lui-même… Il était avec eux. Car il n'y a que lui qui ait pu me voir empocher le carnet du professeur, le premier soir ! Il n'y a que lui qui ait pu mettre le message dans ma chambre sans se faire remarquer par Ibrahim ! Et c'est lui encore qui accompagnait nos deux prétendus Allemands lorsque je me suis fait si copieusement rosser en sortant de chez Cheikh Abdul ! C'était tellement évident, tellement gros, que je n'ai pas voulu y croire…

– Mais pourquoi l'avoir assassiné ?…

– Ça, vous l'aviez découvert vous-même. Il en savait trop !… Il devenait très dangereux. Et c'est vraisemblablement sur ordre de Mancuso qu'il a été exécuté froidement… Il n'y a jamais eu de chantage de sa part, il les connaissait trop, il ne s'y serait pas risqué… L'histoire de la note d'hôtel impayée et celle des vases canopes revendus à Louxor ont été inventées de toutes pièces. Ils ont joué la comédie devant tout le monde, y compris devant Ibrahim… La seule faute commise par Hassan, c'est que, au bout d'un certain temps, on n'a plus eu besoin de lui. Alors, éliminé, zigouillé à coups de poêle !... Et ce qu'il y a de plus extraordinaire dans cette histoire, c'est que tout s'est joué entre ces quatre personnes : Mancuso, Hassan, Klaus et Günter ! Jusqu'à ce que nous ayons le mauvais goût de nous en mêler.

Les idées faisaient boule de neige dans l'esprit de Romain qui s'enfiévrait à ses propres paroles.

— Mais alors ! s'exclama Umberto que l'effervescence mentale de Romain semblait gagner à son tour, Mancuso et John Arbakos sont peut-être une seule et même personne ! Ça serait d'une adresse diabolique...

— Que voulez-vous dire ?

— Je vous ai expliqué que ma mission était de protéger le professeur Mancuso... Mais pour être plus précis, il s'agissait de découvrir quel était le but de ses fouilles...

— De plus en plus clair !

— Je m'explique... Lorsque le professeur, il y a deux mois, a demandé l'autorisation d'effectuer des fouilles dans la Vallée des Rois, sa requête est passée tout naturellement par l'ambassade d'Italie... Le nom de Mancuso ne figurait sur aucun registre. Avant de prévenir les autorités égyptiennes, l'ambassade a contacté les services secrets. Mancuso prétendait, sur son passeport, être né dans un petit village de Toscane dont les archives ont été brûlées par les Allemands pendant la dernière guerre… ce qui pourrait expliquer que son nom ait disparu des fichiers d'état civil… C'était étrange, mais plausible. L'ambassade a alors convoqué le professeur, qui a expliqué qu'il avait quitté l'Italie depuis son enfance. Ses parents se seraient installés en Suisse, où il aurait fait toutes ses études et obtenu son diplôme à l'École d'archéologie de Zurich, dont il serait devenu lui-même professeur en 1950. Puis, chargé de cours à l'université de Boston, il se serait établi aux États-Unis deux ans plus tard, dirigeant à l'occasion de nombreuses fouilles dans divers pays du Moyen-Orient. Renseignements pris, tout se révéla exact et Mancuso obtint l'autorisation d'effectuer ses recherches dans la Vallée des Rois… Or, il y a un peu moins de deux mois, l'affaire a mystérieusement rebondi lorsque les services secrets ont reçu une note confidentielle, stipulant que le professeur Mancuso avait disparu… quelque part sur la frontière entre la Syrie et l'Irak, sur le champ de fouilles de Tell el-Babaranouch, au beau milieu du désert.

– Mais alors, vous soupçonniez Mancuso depuis le début ?…

– Oui et non… Et c'est là notre plus grave erreur. Notre théorie était la suivante : le professeur était devenu l'otage d'une bande de trafiquants internationaux. Pour des raisons qu'il nous restait à élucider, il ne pouvait rien dire à la police… D'où la discrétion de notre enquête. Tant que je pouvais surveiller le professeur, il ne se passerait rien. Et, à travers lui, j'espérais remonter jusqu'au cerveau de l'affaire. Je pensais que Mancuso n'était qu'un pion innocent dans leur jeu ; je ne me doutais pas une seconde que c'était en fait la pièce maîtresse...

— Que vient faire votre John Arbakos dans l'histoire ?...

— Il vient faire que, filé par toutes les polices du monde, sa trace s'est néanmoins perdue, il y a deux mois, quelque part entre... la Syrie et l'Irak. Et il y a deux mois, le supposé professeur Mancuso entrait en Égypte !...

— Il se serait donc débarrassé du vrai Mancuso et aurait usurpé son identité pour avoir le droit d'effectuer des fouilles ?... C'était très risqué...

— Oui, mais je suppose qu'il pensait agir plus vite. La réussite de son bluff était liée à la rapidité de son intervention... Il a appris — comment ? je l'ignore encore — l'existence du trésor d'Hatshepsout. Klaus et Günter ont été envoyés en éclaireurs... Ils trafiquent en Égypte depuis des années, ils connaissent bien le terrain, ils l'ont préparé, attendant le moment opportun pour agir...

— Tout cela est invraisemblable !

— Invraisemblable mais vrai ! soupira Umberto. Il reste bien des points obscurs, mais ledit professeur nous éclairera sans doute. Il faut immédiatement le faire arrêter...

– Et l'enveloppe ?… objecta Romain. Pourquoi votre Arbakos s'écrirait-il à lui-même ?

– La maison de la rue Muhammad ala el Din est louée à son nom… et c'est à son propre nom qu'il envoyait des directives à ses sbires… Vous avez remarqué que l'écriture était la même que celle du professeur Mancuso, mais ce que vous n'avez pas noté, c'est que cette enveloppe porte un timbre syrien et a été postée, il y a onze semaines, à Damas !…

# 11

Au comble de l'excitation, Romain et Umberto
se remirent à courir. Un quart d'heure plus tard, ils
s'engouffraient dans le commissariat central de
Louxor, demandant à parler à l'inspecteur général
qui ne fut pas peu surpris de les voir et faillit les
faire coffrer illico. Il les croyait étroitement sur-
veillés dans l'hôtel-prison de Cheikh Abdul.
Umberto expliqua brièvement la situation. Les
traces de coups, bien visibles sur le visage des deux
jeunes gens, témoignaient de leur bonne foi.
Umberto fit montre d'assez de persuasion pour
convaincre l'inspecteur d'agir dans les plus brefs
délais. Ce dernier alla jusqu'à réquisitionner un
hélicoptère et nos amis s'envolèrent aussitôt vers la
rive gauche.

Le soleil déclinait. Depuis l'habitacle, la vue
embrassait tout le cours du Nil sur plusieurs
dizaines de kilomètres, en amont et en aval. De si
haut, et malgré sa largeur, on éprouvait la vulnéra-
bilité et la vaillance de ce fleuve attaqué de tous

côtés par les déserts. La ville, cernée par les sables et la roche, semblait elle-même un mirage de vie dans un univers mort.

Ils ne mirent que quelques minutes pour atteindre l'hôtel Mersam. L'hélicoptère se posa au milieu de la cour, au grand dam de Cheikh Abdul qui menaçait l'appareil en faisant des moulinets avec sa canne. Romain sauta à terre, et bondit dans la salle à manger. Ibrahim courut à sa rencontre.

– Il est parti !… il est parti !…

– Quoi ! s'exclama Romain, furieux.

– Le professeur… il est parti… il y a une heure… je ne sais pas où il est passé… tentait d'expliquer le gosse que Romain dans sa rage avait pris par les épaules et secouait vigoureusement.

Umberto et l'inspecteur les avaient rejoints.

– Trop tard ! cria Romain. Il nous a encore échappé… La peste l'emporte !

Ibrahim ne savait rien. Il avait passé la plus grande partie de l'après-midi avec Mancuso. Une heure auparavant, ce dernier était monté sur la terrasse ; depuis, on ne l'avait plus revu, bien qu'Ibrahim et les deux domestiques d'Abdul eussent fouillé la maison de fond en comble. Aucun policier en faction autour de l'hôtel ne l'avait vu sortir. Le professeur s'était proprement volatilisé ; Umberto et Romain étaient au désespoir.

On revisita l'hôtel, pièce par pièce. Rien : l'oiseau s'était bel et bien envolé. On en conclut qu'il avait profité d'un moment d'inattention du policier de garde à la porte des cuisines. De là, il n'y avait en effet qu'une dizaine de mètres à parcourir pour atteindre une haie de roseaux qui courait jusqu'aux ruines du Ramesseum. C'était l'affaire de quelques secondes. Tout le monde s'accorda sur cette hypothèse.

La nuit était tombée. Pour l'heure, les recherches ne serviraient à rien. Il fallait attendre le lendemain. La seule consolation de nos amis, c'était que Mancuso et ses complices pourraient difficilement quitter l'Égypte. L'inspecteur général avait mis en branle la police et l'armée. L'alerte avait été transmise dans la capitale. Toutes les frontières du pays étaient étroitement contrôlées, gares et aéroports sous surveillance permanente, et les routes entre Louxor et Assouan, et Louxor et Assiout, étaient désormais semées de barrages de police. Même les autorités portuaires d'Alexandrie avaient été alertées, au cas où Mancuso voudrait quitter l'Égypte par la mer. D'un moment à l'autre, le piège pouvait se refermer sur les trois malfaiteurs.

Devant l'ampleur des moyens déployés, et fort impressionné par la tournure que prenaient les événements, Cheikh Abdul s'était décidé à parler. L'affaire était trop grave, on pouvait l'accuser de complicité. Il répéta à la police ce qu'il avait confié à Umberto, la veille au soir. Mais il en dit plus, cette fois… Il savait que Mancuso n'avait pas été enlevé, et il savait surtout que c'était Hassan qui avait découvert la cachette du trésor d'Hatshepsout, et avait « vendu » le renseignement aux deux Allemands, avec lesquels il trafiquait depuis des années… Les deux Allemands, d'ailleurs, étaient l'un suisse et l'autre français !

– C'est donc ça ! approuva Umberto. Le coup classique ! ils ont tué Hassan pour n'avoir pas à lui donner sa part de butin.

Abdul révéla ensuite que les deux complices de Mansuco avaient décidé d'habiter dans son hôtel pour le surveiller. Car Abdul avait surpris Mansuco dans la tombe d'Hatshepsout et l'avait menacé de le dénoncer. Et ce, non pas trois jours auparavant, comme il l'avait dit à Umberto, mais dès l'arrivée du faux professeur dans la Vallée des Rois. Depuis deux mois, Abdul vivait sous la menace quotidienne d'être assassiné, comme Hassan. Il savait, en outre, que Mancuso avait découvert les plans d'une autre cachette royale, voisine de la tombe d'Hatshepsout, mais qu'il n'avait pas eu le temps d'entreprendre les fouilles.

– Je comprends ! dit Romain. Mancuso ayant dû disparaître plus tôt que prévu, il a chargé Klaus et Günter de photographier les hiéroglyphes. Après le trésor d'Hatshepsout, il ne désespérait pas d'en découvrir un autre… C'est cette fringale de richesse qui l'aura perdu…

– Si nous remettons la main dessus ! fit remarquer Umberto. Je vous signale qu'il a disparu avec les trois quarts du trésor d'Hatshepsout… Ce qui n'est pas si mal pour l'instant !

L'inspecteur remercia Cheikh Abdul de ses aveux. Le vieillard s'inclina, quelque peu rasséréné par sa confession, et fit préparer à dîner pour tout le monde. Romain, Umberto et l'inspecteur se concertèrent encore sur le plan à suivre.

– Je vais passer la nuit ici avec mes hommes, dit l'inspecteur. Des renforts doivent arriver. À l'aube, nous organiserons une gigantesque battue dans la région.

– Où ont-ils bien pu passer ? enrageait Umberto.

– C'est ce que je me demande aussi ! avoua l'inspecteur. Ils doivent bien se douter que les routes sont barrées, que la gare et l'aéroport leur sont interdits… J'ai même ordonné que l'on fouille toutes les felouques sur le Nil. Leur seule chance, c'est le désert.

– Le désert ?

– Oui… Ils peuvent essayer de gagner la Libye ou le Soudan par le désert. Mais ça me semble une entreprise insensée. Les pistes sont pratiquement inexistantes. Il leur faudrait des réserves de vivres et de carburant pour plusieurs jours, et je ne pense pas qu'ils aient eu le temps d'organiser une telle expédition…

Le dîner fut morne. Ibrahim s'était écroulé de

fatigue et dormait la tête sur les genoux de Romain. Cheikh Abdul avait retrouvé son visage hermétique de vieux sphinx, que ne saurait ébranler l'annonce de la fin du monde. Umberto, lui, ne décolérait pas. Il ne pouvait se pardonner de n'avoir pas découvert plus tôt que Mancuso et Arbakos étaient une seule et même personne.

Pour fuir l'atmosphère étouffante des chambres, Romain et Ibrahim montèrent s'étendre sur la terrasse. Il y avait dans le ciel plus d'étoiles que de nuit ; l'immensité surprit Romain qui sentit les larmes lui monter aux yeux.

Umberto les rejoignit à minuit. Il n'arrivait pas à trouver le sommeil ; l'attente le rendait fou.

— Dire qu'ils sont peut-être à cinquante mètres d'ici ! soupira-t-il.

— Dans quatre heures, il fera jour. Soyez patient et dormez un peu, il y a deux jours que vous n'avez pas fermé l'œil… Je suis sûr que nous les retrouverons !

— Dieu vous entende !

Nos amis purent trouver enfin un peu de repos. La Voie lactée s'effaça, la nuit fut au plus sombre, avant de s'éclaircir à nouveau dans l'améthyste de l'aube. La voix du muezzin appela bientôt au réveil de la terre et des hommes.

Debout, appuyé au mur de la terrasse, immobile, Ibrahim fixait le ciel. Ce fut la première image qui s'inscrivit dans l'esprit de Romain, encore embourbé de rêves. Il se leva lentement et s'approcha de l'enfant. Ibrahim se retourna et dit simplement :

– Regarde !

Le bras tendu, il désignait, très loin au-dessus du désert, une minuscule tache blanche et brillante, comme une étoile oubliée de la nuit.

– C'est un avion… dit Romain.

Ibrahim fit signe que non.

– Un oiseau ?…

– Non ! dit l'enfant.

Romain fixa plus attentivement la petite tache blanche qui se déplaçait presque imperceptiblement. Elle flamboya un instant aux premiers rayons du soleil, et Romain comprit soudain de quoi il s'agissait…

– Un ballon !… s'écria-t-il. Un ballon !

Il bondit sur Umberto.

– Eh !… Réveillez-vous !… Je les ai retrouvés… Un ballon !

Puis il dégringola jusqu'au rez-de-chaussée, pour prévenir l'inspecteur et donner l'alerte générale. Il frappait de grands coups de poing dans les portes et ce bruit d'enfer mit tout l'hôtel sur le pied de guerre.

Traînant l'inspecteur à moitié nu et abasourdi de sommeil, il remonta sur la terrasse retrouver Umberto qu'avait gagné la même hystérie.

– Inspecteur !… Ils s'évadent en ballon !

Ledit inspecteur n'en croyait pas ses yeux.

– Ils sont fous... murmurait-il, complètement fous... Ils ne franchiront jamais le désert avec cet engin ! Ils n'arriveront même pas jusqu'aux oasis...

– L'hélicoptère ! hurla Umberto, agrémentant sa proposition d'une violente bourrade dans le dos de l'inspecteur. Donnons-leur la chasse avec l'hélicoptère !

Tout le monde se rua dans la cour. L'inspecteur fit chercher le pilote et s'engouffra avec nos amis dans l'habitacle. L'hélice se mit à tourner de plus en plus vite et, au bout de quelques minutes, l'appareil quitta le sol à la verticale, survola les bâtiments de l'hôtel, le village de Gournet Mourrai, s'éleva au-dessus de la colline thébaine et s'engagea dans le désert. Les vents semblaient favorables au ballon qui s'éloignait vers l'ouest, presque invisible à présent.

– Qu'est-ce que c'est que ça ? demanda Umberto, désignant l'appareil-photo que Romain arborait en bandoulière et qu'il avait raflé dans son bagage à la dernière seconde.

– Il est temps que je commence à travailler, non ?... répondit Romain dans un sourire.

L'hélicoptère, d'un modèle assez archaïque, ne progressait pas vite. Il semblait néanmoins gagner sur le ballon dont la tache blanche grossissait à vue d'œil. On distingua bientôt la nacelle et le nombre de ses occupants. L'aérostat paraissait lourdement chargé.

— C'est eux ! dit l'inspecteur, le nez planté dans une paire de jumelles.

— Il pensait sans doute que c'étaient des touristes qui allaient aux champignons ! glissa Umberto à l'oreille de Romain.

L'hélicoptère se rapprochait de plus en plus du ballon. Une rafale de mitrailleuse accueillit son avance. L'hélice fut touchée, l'extrémité d'une pale fracassée.

— Baissez-vous ! cria l'inspecteur au pilote, au moment où une nouvelle rafale criblait la carlingue.

Günter et Klaus, armés jusqu'aux dents, balayaient le ciel de leur mitrailleuse.

— Nous ne pourrons jamais approcher ! dit Umberto. S'ils atteignent le moteur, notre compte est bon !

— Le ballon !... dit Romain, il suffit de crever le ballon !

— Avec une épingle à nourrice ? railla Umberto.

— Non ! dit placidement l'inspecteur, avec ça...

Il tira un revolver de sa poche et s'appliqua à viser l'enveloppe du ballon. La première balle manqua la cible. Deux longues salves de mitrailleuse répondirent à cet échec. Le pilote fut blessé à l'épaule, et la pale, déjà endommagée, littéralement pulvérisée. La panique gagnait, à bord de l'hélicoptère.

— Nous allons nous écraser !... cria Umberto.

Cependant, l'inspecteur s'obstinait à tirer sur

l'aérostat qu'il finit par atteindre au huitième coup de feu.

– Touché !… Touché !…

Et, de fait, l'enveloppe du ballon, déchirée en son flanc, commençait à se dégonfler. La nacelle ballottait de droite et de gauche. L'aérostat perdait de l'altitude. On vit les trois hommes jeter des caisses par-dessus bord, pour alléger l'appareil. En vain. L'enveloppe se déchira soudain de haut en bas et le ballon piqua vers le sol, où il atterrit au bout d'une minute pour se coucher dans l'immensité du désert, comme le ventre éclaté d'un monstrueux oiseau.

Il était temps. Le moteur de l'hélicoptère émettait un ronronnement hoqueteux des plus inquiétants. Nos amis durent se poser en catastrophe derrière une dune basse. Bien leur en prit ! Car les malfaiteurs s'étaient remis à tirer.

– La situation est bloquée ! constata froidement l'inspecteur. Ils ne peuvent pas bouger… et nous non plus !

– C'est gai ! dit Umberto. Nous allons nous regarder en chiens de faïence jusqu'à la tombée de la nuit… Ils sont dix fois mieux armés que nous, le premier qui bouge est un homme mort.

Mancuso et ses deux comparses s'étaient allongés à l'abri de la nacelle. Ce jeu de cache-cache menaçait de s'éterniser. Il y avait plus d'une heure que les adversaires s'observaient à une centaine de mètres

les uns des autres, tandis que le soleil incendiait implacablement le désert. Le pilote blessé s'était évanoui ; l'inspecteur s'épongeait le front avec son mouchoir, pestant contre la chaleur, la malchance et les étrangers...

Le soleil était déjà haut, lorsque l'horizon se couvrit de toutes parts de lourds nuages de poussière. En même temps, on entendit un sourd ronronnement qui enflait d'instant en instant. Et, bientôt, l'on put distinguer nettement les camions bâchés de l'armée et les jeeps de la police qui confluaient vers le lieu où s'était échoué le ballon. On en comptait une trentaine qui roulaient à tombeau ouvert sur les pistes poudreuses du désert.

À l'abri précaire de la nacelle, Mancuso et ses acolytes manifestaient une inquiétude non dissimulée. Les véhicules des forces de l'ordre s'étaient disposés en cercle autour du ballon. Un silence impressionnant s'était abattu sur cet étrange champ de bataille, où le combat, par trop inégal, semblait ne jamais devoir se jouer.

L'attente, insupportable, dura une heure encore. Le désert était chauffé à blanc ; les formes s'estompaient dans une brume caniculaire qui captait les reflets du soleil comme les vagues sur la mer.

Klaus et Günter se levèrent enfin, jetèrent leurs armes et s'avancèrent, les bras levés, vers la voiture de police la plus proche. Mancuso n'avait pas bougé. Il vit les deux brutes, menottes aux poignets, poussées dans une jeep. Alors, il se leva à son tour et, lentement, sortit un pistolet de sa poche et le porta à sa tempe…

Le coup de feu résonna de dune en dune avant de se perdre dans l'infini des sables. Mancuso, figé comme une statue, fixait d'un regard de fou sa main ensanglantée, son arme fichée en terre, à ses pieds.

— Bien visé ! cria l'inspecteur, dans un élan d'enthousiasme, à l'intention de l'adroit tireur qui avait su empêcher Mancuso, à la dernière seconde, d'échapper à la justice.

En voyant les policiers courir vers lui, ce dernier tomba à genoux sur le sol et éclata en sanglots.

## 12

Le lendemain à Louxor.

Romain et Ibrahim étaient attablés à la terrasse d'un café, sur la route de la corniche. Le gamin n'avait pas touché à son verre de kharkhadé où deux glaçons finissaient de fondre. Les yeux obstinément fixés sur la pointe de ses sandales, il fuyait le regard de Romain qui l'observait tristement, un pâle sourire au coin des lèvres. Ibrahim triturait nerveusement la sangle de son pauvre bagage. Le train pour Assiout partait à dix-neuf heures trente ; ils avaient près de deux heures d'avance. Mais Romain avait promis à Umberto de l'attendre en fin d'après-midi dans ce café des bords du Nil. Le jeune Italien avait été convoqué au bureau de police pour un supplément d'enquête à son sujet et, surtout, pour assister à l'interrogatoire de Mancuso et de ses complices.

Romain, qui s'était engagé à accompagner Ibrahim chez ses parents, brûlait de connaître les der-

niers détails de l'affaire avant son départ. Il avait essayé par tous les moyens de distraire le gamin, mais celui-ci s'obstinait dans un chagrin morose, d'où rien ne semblait pouvoir le tirer.

Trois felouques glissaient sur les eaux boueuses du fleuve ; le bac effectuait ses bruyants allers-retours d'une rive à l'autre ; un chamelier conduisait ses bêtes à l'abreuvoir ; sur sa barque, un homme priait, lèvres mi-closes, mains ouvertes. Hébétés de chaleur, des groupes de touristes se liquéfiaient dans la contemplation niaise des ruines. Rien ne manquait au décor... L'Égypte éternelle achevait de se décomposer dans la misère, dans l'orgueil et dans la paresse et l'indifférence du reste du monde, venu reluquer de façon éhontée l'agonie d'une civilisation plus de sept fois millénaire.

Romain sentit la détresse et la magie de cette terre. Et, sans la comprendre encore, il commença à l'aimer. Il sourit à Ibrahim qui leva les yeux et répondit à son tour par un sourire à l'émotion de Romain.

Umberto était en train de se frayer un chemin jusqu'à eux.

— Eh bien ! dit-il joyeusement, je viens de passer l'après-midi le plus édifiant de mon existence...

Il appela un serveur et commanda une bière.

— Entendre la confession d'un des plus grands truands de la planète vaut tous les romans policiers que l'on puisse lire. Ce Mancuso, pardon, cet Arbakos est une manière de chef-d'œuvre d'intelligence et de malignité, comme notre époque en produit peu.

Il savourait ses effets oratoires, s'amusant à titiller la curiosité de Romain.

— L'histoire vous intéresse ? demanda-t-il ironiquement.

— Non ! fit Romain. Parlez-moi plutôt de la culture des aubergines en Lombardie et au Piémont, ça me passionne !…

Ils éclatèrent de rire. Umberto avala une longue rasade de bière avant de poursuivre :

— John Arbakos, appelons-le comme ça puisque c'est son vrai nom, est un personnage plein de surprises… Figurez-vous qu'il est réellement archéologue, du moins de formation, car il y a beau temps que le bonhomme a troqué la passion des vieilles pierres contre celle de la fortune et du pouvoir… Il est né en Suisse, où il a fait ses études dans la même université et obtenu le même diplôme que… le professeur Mancuso ! dont il est resté longtemps le meilleur ami.

— Mais, alors, il sait ce qu'est devenu Mancuso…

— Attendez ! Vous brûlez les étapes, j'y viendrai tout à l'heure… À trente ans, notre Arbakos quitte la Suisse pour les États-Unis, où il se fait rapidement un nom dans le trafic des antiquités. Pour écouler sa marchandise, il n'hésite pas à collaborer avec la pègre et avec la mafia… Il établit ainsi tout un réseau de relations douteuses, mais fort utiles à l'occasion. Parallèlement, il mène une carrière officielle sur le marché de l'art. En quelques années, il devient le plus gros marchand de New York, et ouvre des galeries dans les plus importantes villes des États-Unis... Dans les années qui suivent la guerre, il sillonne l'Europe, profitant de la désorganisation et de la misère qui régnaient alors, surtout en Italie et en Allemagne, pour acheter à bas prix des centaines de tableaux, de sculptures ou de meubles anciens... Il devient l'un des hommes les plus riches des États-Unis. Il acquiert plusieurs journaux, une maison d'édition, une chaîne de supermarchés et de motels... Il songe même à se lancer dans la politique, lorsque, à la suite d'une enquête fiscale, tout son empire s'écroule... Il quitte clandestinement les États-Unis pour se réfugier au Mexique. Là, il végète quelques années, s'adonnant à sa première passion, l'archéologie. Il découvre par hasard un temple aztèque, encore inexploré, dans une des régions les plus sauvages du Yucatán. Il en détache toutes les statues, les expédie au Brésil, et c'est dans ce pays qu'il se taille un nouvel empire financier... La chance lui sourit encore. Sous une identité d'emprunt, il explore cette fois l'univers des maisons de jeu. Dix ans plus tard, la moitié des casinos d'Amérique latine sont en sa possession, du Costa Rica au Chili, en passant par l'Argentine, le Pérou, le Venezuela et, bien sûr, le Brésil... Dans tous ces pays, il contrôle en outre le trafic de la drogue.

D'autre part, il fraye de plus en plus avec les milieux politiques les plus conservateurs, n'hésitant pas à aider financièrement certaines dictatures militaires… La C.I.A. le surveille… et lui achète, à l'occasion, des renseignements précieux sur les régimes qu'il prétend servir. Protégé par tous, il est craint de chacun, étant compromettant pour tout le monde… Un soir, à Rio, il échappe de justesse à une tentative d'assassinat… Il comprend qu'il n'est plus en sécurité et regagne l'Europe, où une colossale fortune l'attend dans les coffres-forts suisses. Il reprend son véritable nom… et sa première activité : l'archéologie… À la suite de son départ, dix pays d'Amérique latine lancent contre lui un mandat d'arrêt international… sous son faux nom. Il est intouchable ! À Milan, à Paris, à Londres, à Berlin, à Genève, il ouvre des magasins d'antiquités, approvisionnés par tout un réseau de petits trafiquants à sa solde, éparpillés dans le monde entier…

— Dont Klaus et Günter ! s'exclama Romain.

— En effet !… Mais j'y reviendrai… Un jour, à Genève, l'innocent professeur Mancuso entre dans l'une de ses galeries. Les deux hommes ne se sont pas vus depuis plus de trente ans. Naïvement, Mancuso lui parle de ses fouilles… Il est sur le point de découvrir un véritable trésor en statuettes d'or et d'argent, en Mésopotamie… De plus, il projette ensuite de gagner l'Égypte où, selon lui, de nombreuses tombes restent à explorer dans la Vallée des Rois… Arbakos contacte aussitôt Klaus et Günter qui, depuis deux ans, sont ses rabatteurs attitrés en Égypte. Quant à lui, il propose à Mancuso de l'accompagner à la frontière syrio-irakienne… Les deux hommes s'envolent pour Tell el-Babaranouch. Le résultat des fouilles dépasse tous leurs espoirs… Mancuso a mis au jour les fondations d'un palais babylonien. À dix mètres sous le sable, ils retrouvent des dizaines de statues et de coffres remplis de bijoux et de pièces d'or… Un jour qu'ils se promènent sur les bords de l'Euphrate, le professeur Mancuso succombe à une crise cardiaque…

— Il l'a assassiné.

— C'est aussi mon avis mais, évidemment, il ne l'avouera jamais… Toujours est-il que c'est à ce moment-là que lui vient l'idée d'usurper l'identité de Mancuso. Avec un peu de chance, la mort du professeur ne sera pas connue en Europe avant plusieurs semaines. C'est plus de temps qu'il ne lui en faut pour mener à bien ses projets égyptiens. Il prévient Klaus et Günter et, à Lattaquié, il s'embarque pour Alexandrie… où il manque de se faire pincer par la faute de Mancuso.

— Comment ça ?…

— Souvenez-vous que l'ambassade d'Italie ne le comptait pas sur ses registres… Et ce, pour une raison très simple : le professeur Mancuso était naturalisé américain depuis plus de trente ans !

— Mais comment se fait-il que l'ambassade ait néanmoins transmis sa demande aux autorités égyptiennes ?

– Simplement parce qu'un Italien, même naturalisé, continue de bénéficier de sa nationalité…

– C'est quand même un miracle que ça ait marché…

– Le miracle, c'est la légèreté du personnel de l'ambassade qui en a référé, sans plus de détails, au ministère égyptien des Beaux-Arts !… Mais vous le savez, les Italiens sont légers, c'est bien connu !

Umberto semblait beaucoup s'amuser de voir illustré si benoîtement un des lieux communs les plus sots véhiculés sur sa nationalité.

– Et Hassan ?

– Vous aviez deviné point par point son rôle dans l'affaire…

Un coup d'œil sur le visage renfrogné d'Ibrahim le fit changer de sujet aussitôt.

– Quant à nos deux brutes, Abdul avait vu juste… Günter Strauss est français et répond au nom de Pierre Forez ; Klaus Hartmann est suisse, et s'appelle Frédéric… Arbakos !

– Arbakos ?…

– Eh oui… c'est le propre neveu de notre ennemi public numéro un. Forez et Arbakos junior sont des militants extrémistes qui ont fait leurs classes dans le terrorisme noir, en Allemagne. Ce qui explique qu'ils s'expriment aussi bien dans votre langue qu'en allemand… John Arbakos les a recrutés, il y a quatre ans, alors qu'ils étaient menacés, eux aussi, par un mandat d'arrêt international. On les soupçonne d'avoir participé personnellement à une bonne dizaine d'attentats, pour la plupart sanglants... Réfugiés en Égypte, ils avaient organisé tout un réseau de trafic d'antiquités, fort utile au tonton Arbakos.

Umberto s'arrêta de parler et demanda une autre bière au serveur. Nos trois amis s'absorbèrent un instant dans la contemplation du fleuve. Leurs pensées voguaient au fil de l'eau. Dans le lointain, la montagne thébaine, le grandiose décor du drame dont le rideau venait de tomber, commençait à s'estomper dans les premiers flamboiements du couchant. Elle recelait sans doute bien d'autres mystères, que l'éternité ne suffirait pas à élucider. Drapée dans ses brumes de sable, elle défierait les hommes jusqu'à la fin des temps.

— Au fond ! observa Romain, c'est la lettre de Mancuso à Desroches qui a tout déclenché... Sans le vouloir, j'ai été l'étincelle qui a allumé la mèche. Mon arrivée les a affolés...

— En effet, poursuivit Umberto, ils vous ont pris pour un flic ou Dieu sait quoi, et la panique les a gagnés. Vous n'avez pas l'air, comme ça, mais vous êtes terriblement effrayant !

Romain sourit. Ibrahim voulait parler, mais les mots restaient suspendus au bord de ses lèvres. Il hésitait ; finalement, il parvint à articuler :

— Il faut que je te dise, Romain... je savais qui t'a attaqué, le soir où tu es arrivé... mais je ne pouvais pas te le dire, tu comprends... J'avais vu mon oncle sortir avec les deux Allemands pour te chercher... Je ne pouvais rien dire, tu comprends...

Romain prit la main d'Ibrahim.

—Je comprends très bien, ne t'inquiète pas !... Tu as fait tout ce que tu as pu, et même davantage ! Sans toi, je me demande ce que nous serions devenus, n'est-ce pas, Umberto ?...

—Vous pouvez le dire !

Et se retournant vers le gamin :

—Ibrahim ! Tu nous as tirés d'affaire plus de dix fois... Sans toi, je ne suis pas sûr qu'Arbakos serait sous les verrous à l'heure qu'il est !...

Très ému par la sincère sollicitude de ses amis, Ibrahim avait les yeux gonflés de larmes. Il détourna le regard vers l'au-delà du fleuve.

—Allons ! dit Romain, on va rater le train...

Ils se levèrent et marchèrent sans plus parler jusqu'à la gare. Romain acheta des journaux et des cigarettes. Les adieux avec Umberto furent brefs ; le train était à quai, sur le point de partir. Ibrahim et Romain s'y engouffrèrent pour gagner leur compartiment dont ils baissèrent la vitre.

—Venez me voir à Paris ! dit Romain, à l'intention d'Umberto resté sur le quai, ballotté par la foule. C'est promis ?...

—Je ne promettrai pas de venir à Paris si vous ne promettez pas de venir à Milan...

—C'est promis ! dit Romain, en riant.

Le train s'ébranlait déjà.

– *Arrivederci, Romano !...* hurla Umberto. *Arrivederci !...*

Il ne fut bientôt plus qu'une petite tache humaine, perdue dans la foule qui agitait les bras en guise d'adieu, sur le quai d'une gare, triste et belle comme toutes les gares du monde, dans la mélancolie des départs.

Depuis trois jours, il pleuvait sans discontinuer sur Paris. Septembre avait brusquement trahi l'été. Après la canicule du mois précédent, la capitale grelottait comme au plein de l'hiver. Dans le souvenir de Romain, l'Égypte s'abîmait déjà comme un songe irréel. La série d'articles consacrés à ce que l'on n'appelait plus désormais que « l'affaire Arbakos », avait commencé à paraître au début de la semaine. Le succès avait été immédiat, à en juger par la sensible augmentation du tirage de *Paris-France* et par l'avalanche de courrier qui s'abattait chaque matin sur le journal. Romain n'avait pas revu M. Desroches. Enfermé dans sa chambre, il rédigeait ses articles et les dictait au téléphone à Bénédicte. Devant le succès de son reportage, on lui avait demandé de « faire durer le plaisir » et de délayer son aventure sur vingt numéros au lieu de douze. Tout le jour, il tirait à la ligne, dans les affres bien connues de la page blanche et de la panne d'inspiration.

C'était la première fois, depuis son retour, qu'il

allait passer au journal. La coquetterie entrait pour une grande part dans cette visite tardive. Il n'avait pas voulu affronter les sarcasmes de Bénédicte tant que les traces de la bagarre avec le charmant neveu de John Arbakos n'auraient pas disparu de son visage. Il lui restait bien un vague coquard autour de l'œil gauche, mais il espérait le mettre sur le compte de la fatigue, en quelque sorte une respectable aura de travail, témoin de ses nuits blanchies dans la délicate relation de son aventure.

Romain arriva au journal à cinq heures, quelques instants avant le bouclage de la dernière édition. Dans la salle de rédaction, il fut salué par une tonitruante ovation de ses collègues. Dans le concert unanime de félicitations, Romain décela cependant les habituelles pointes d'ironie et de jalousie mal dissimulées. « C'est le baptême de la gloire ! pensa-t-il. L'eau est forcément salée... »

Il ne s'attarda pas. Desroches avait eu connaissance de sa visite ; il le convoquait immédiatement dans son bureau. Romain grimpa jusqu'au quatrième étage. Bénédicte n'était pas dans l'antichambre. Il attendit deux ou trois minutes, puis se risqua à frapper à la porte de Desroches. Aucune réponse. Alors, n'écoutant que son inconscience, il pénétra dans le bureau directorial où l'accueillirent deux grands éclats de rire. Le patron et sa secrétaire étaient plantés au milieu de la pièce et avaient l'air de trouver la gêne de Romain fort cocasse.

– Caire ! Vous avez mis exactement deux minutes et quarante-trois secondes avant d'oser ce qu'aucun journaliste de *Paris-France* ne s'était permis avant vous : entrer dans mon bureau sans autorisation !… Je vous félicite pour votre courage. Asseyez-vous…

Romain, qui ne trouvait pas la plaisanterie d'une irrésistible drôlerie, leva les yeux au ciel et s'affala dans un fauteuil. Bénédicte le gratifia d'une petite grimace de sympathie, avant d'être cavalièrement renvoyée dans son bureau.

– Mademoiselle !… lui dit Desroches, nous avons à faire, retournez donc à vos mots croisés…

– Oh ! Non, monsieur, pitié !… affecta de sangloter Bénédicte en sortant.

Une fois la porte fermée, Desroches reprit place derrière son bureau.

– Alors, Caire, vous attendez sans doute des félicitations de ma part ?…

– Non, monsieur ! répondit Romain, non sans arrogance, mes articles ne présentent aucun intérêt et mes photos…

– Vos photos, parlons-en ! Elles sont nulles, vous pouvez le dire ! Regardez-moi ça…

Desroches ouvrit un tiroir et en tira un paquet de photos qu'il jeta négligemment sur le bureau. Il en choisit deux ou trois qu'il brandit sous le nez de Romain, avec des mines catastrophées.

– Qu'est-ce que c'est que ça ?… demanda-t-il, en

désignant sur une photo de l'aérostat d'Arbakos, une tache grisée en forme d'avion.

– Ça ! dit Romain, sans se démonter, c'est l'ombre de l'hélicoptère.

– Et ça ?…

La photo qu'agitait Desroches, au bout de ses doigts, montrait l'arrestation d'Arbakos, dont le visage était à demi masqué par le profil d'une ombre.

– Et ça, dit Romain, c'est probablement l'ombre de mon ami Umberto…

– Des ombres, toujours des ombres ! éclata Desroches. Je ne vous paie pas pour photographier des ombres… Si ça continue, vous ne tarderez pas à y retourner, vous… dans l'ombre !

Romain ne s'y trompait pas. La colère du directeur de *Paris-France* n'était que le masque grossier de sa satisfaction devant le travail de son reporter. Personne n'était dupe, mais Desroches aimait ce

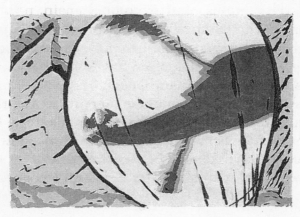

jeu du pouvoir, auquel il était le dernier à croire. Son numéro achevé, il se laissa aller à quelques compliments.

– Sincèrement, Caire, vos articles sont excellents… Si vous me pondez encore deux ou trois reportages de la même eau, je ne pourrai pas faire autrement que de vous bombarder rédacteur en chef… ce qui, vous l'imaginez, me déplairait souverainement.

– Rassurez-vous, monsieur, plaisanta Romain, mon talent est purement accidentel. Ça ne saurait durer…

Desroches esquissa un sourire. Une question brûlait les lèvres de Romain ; il hésitait, mais sa curiosité fut la plus forte.

– Savez-vous ce qu'est devenu le professeur Mancuso ? demanda-t-il d'une voix qui se voulait neutre.

M. Desroches se rembrunit soudain. Il détourna les yeux et se remit à compulser les photos, comme s'il cherchait « l'ombre » de son vieil ami archéologue dans les portraits d'Arbakos l'usurpateur.

– Mancuso ?… parvint-il enfin à articuler. Oui, je sais ce qu'il est devenu… Le rapport des autorités consulaires syriennes m'est parvenu, ce matin même… Il est mort, et bien mort, vous vous en doutiez… mais d'une mort horrible. On a retrouvé son cadavre dans l'Euphrate, le crâne fracassé à coups de pierre… Un homme si doux, si pacifique, quelle fin épouvantable !

— Excusez-moi ! dit Romain. Je ne voulais pas…

— Ce n'est rien, Caire, ce n'est rien !… Mais je n'oublierai jamais que, grâce à vous, le criminel ne sera pas resté impuni… Mancuso n'était pas un homme comme les autres. Vous l'auriez aimé, Caire, et je crois qu'il vous aurait apprécié aussi… Quand j'y pense… lâchement assassiné, dans un coin perdu du bout du monde…

M. Desroches ne se parlait plus qu'à lui-même, évoquant dans son cœur meurtri la douloureuse mémoire de son ami archéologue. Romain cherchait vainement quelques paroles de réconfort. Le regard vaguant sur les rayonnages d'une bibliothèque, il attendait d'être congédié par le directeur.

— Allez, Caire !… dit enfin Desroches. Il ne sert à rien de s'apitoyer… Et puis vous avez du travail. Je veux vos cinq derniers articles avant la fin de la semaine. Et ne profitez pas de mon indulgence du moment pour les bâcler, hein ?… Je les connais, les petits journaleux dans votre genre. Ils s'endorment facilement sur leurs lauriers… Mais je saurai vous réveiller, n'ayez crainte !

Romain étouffa ostensiblement un faux bâillement et se leva. Il eut droit à une cordiale poignée de main de Desroches.

Dans le vestibule, Bénédicte était en train de taper une lettre à la machine.

– Assieds-toi, grand reporter ! dit-elle. Je finis ça et je suis à toi…

Romain sortit un petit paquet de la poche de son blouson et le posa sur la machine à écrire.

– Qu'est-ce que c'est ?…

– Un cadeau, chère mademoiselle…

– Un cadeau ! s'exclama Bénédicte, prenant une voix effrontée de gamine.

Et elle tira d'un vilain papier d'emballage marron une minuscule pyramide en fer-blanc et un chameau en plastique jaunâtre.

– Il manque la momie, fit-elle en éclatant de rire.

Romain lui tendit alors une bande Velpeau qu'il avait gardée dans la main.

– Enroule-toi là-dedans, ça fera l'affaire !

– Ce que tu peux être drôle, grand reporter ! maugréa Bénédicte, affectant un courroux hautain.

Puis elle se remit à rire en enroulant maladroitement la bande Velpeau autour de son visage.

– Tu es libre, ce soir ?… Tu m'emmènes au cinéma ?

– Qu'est-ce que tu veux aller voir ? demanda Romain.

– On reprend *Mort sur le Nil*… Ça te dit ?

# Bernard Barokas
## L'auteur

Né en 1950 dans le Sud-Ouest, **Bernard Barokas** fait des études de lettres à Toulouse avant de se consacrer à l'écriture sous toutes ses formes : critique littéraire pour la presse, rédacteur dans une agence de publicité, et bien sûr écrivain. Il a publié une dizaine de romans pour adultes et adolescents ainsi que des contes pour enfants. Bernard Barokas est mort prématurément en 1984.

# Ludovic Le Goff
## L'illustrateur

**Ludovic Le Goff** est né en 1959, à Neuilly-sur-Seine. Diplômé de l'école supérieure des arts appliqués Duperré, il s'intéresse depuis toujours à tout ce qui touche à la ville, l'architecture et l'urbanisme. Il aime découvrir des villes étrangères et rapporte de ses voyages de nombreuses photographies qui constituent une documentation irremplaçable pour son travail d'illustrateur.

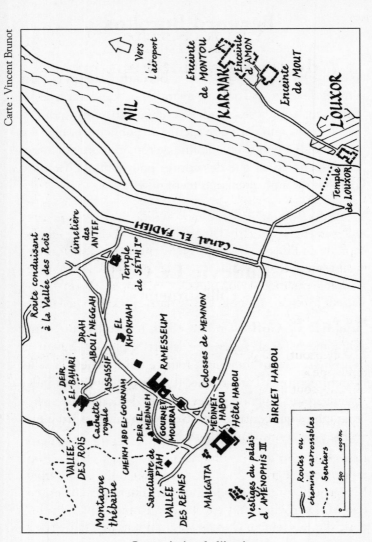

Le territoire de l'intrigue

# À la recherche

## du trésor d'Hatshepsout

Située dans un lieu désertique sur la rive occidentale du Nil, à 3 kilomètres de la ville de Thèbes (Louxor), la Vallée des Rois est un grand canyon. Elle devient un lieu de sépulture, sous la XVIIIe dynastie, lorsque Thèbes devient la capitale de l'Égypte. Les rois préfèrent alors construire de gigantesques temples plutôt que des pyramides, comme le voulait la tradition depuis plus d'un millénaire. Ils font creuser leur *hypogée* (tombeau creusé dans la roche) dans cette vallée cachée.

**Hatshepsout, « la plus extraordinaire femme de l'Égypte ancienne »**

Hatshepsout appartient à la XVIIIe dynastie et règne au milieu du XVIe siècle avant Jésus-Christ. Elle est la fille du pharaon Thoutmôsis Ier et l'épouse de son demi-frère Thoutmôsis II. Le couple n'a pas de descendance masculine. À la mort de Thoutmôsis II, Thoutmôsis III est trop jeune pour régner. C'est Hatshepsout qui exerce alors la régence avant de se faire nommer pharaonne. C'est ce que M. Desroches veut expliquer à Romain quand il lui parle d'une « femme éblouissante qui a usurpé le pouvoir suprême pendant vingt-deux ans » (p. 11).

### Hatshepsout, une reine bâtisseuse

La reine Hatshepsout « s'est fait construire le plus merveilleux temple de l'histoire » (p. 11) à Deir el-Bahari. Contrairement à ce que prétend M. Desroches, le temple en l'honneur d'Amon est dédié au culte de Thoutmôsis Ier. Mais Hatshepsout ne repose pas en ce lieu. La traduction des hiéroglyphes permet au professeur Mancuso de savoir précisément où la reine a été enterrée dans la Vallée des Rois. Le temple de la reine Hatshepsout à Deir el-Bahari est bâti au pied d'une falaise décrite comme une « formidable muraille de roc brûlé » (p. 50), c'est un *spéos* (temple en partie creusé dans le roc). L'édifice, construit par l'architecte Senenmout, s'élève sur trois terrasses. Le narrateur raconte qu'une « allée [...] montait vers la première cour du temple [...] fendu en son centre par l'escalier d'accès à la seconde terrasse » (p. 48). Ibrahim et Romain terminent la visite du temple par « la rampe d'accès à la troisième terrasse » (p. 50). Les salles et chapelles sont dédiées à diverses divinités dont Amon, Hathor et Anubis. La troisième terrasse abrite une chapelle creusée dans le roc qui sert de lieu de culte funéraire à Thoutmôsis Ier et à Thoutmôsis II.

### Les dieux des Égyptiens

#### • *Amon*

À l'époque d'Hatshepsout, le culte d'Amon supplante celui de Rê comme dieu dynastique. Il devient Amon-Rê, s'appropriant ainsi le caractère solaire de Rê. Sous sa forme humaine, il est représenté debout ou assis sur un trône, tel un pharaon. Il porte une couronne d'où s'élèvent deux hautes plumes symbolisant l'aspect solaire du dieu.

## • Anubis

Ibrahim décrit à Romain une scène dans laquelle le pharaon Thoutmôsis III fait des offrandes à « Anubis, à la tête de chien noir » veillant sur le monde des morts (p. 48). Anubis est représenté le plus souvent comme un homme à tête de chacal avec deux grandes oreilles pointues. C'est une divinité funéraire très populaire, le patron de l'embaumement et gardien des nécropoles. Dans le *Livre des Morts*, il guide le défunt dans l'au-delà, le conduit jusqu'à ses juges qui procèdent à la pesée du cœur.

## • Horus

Horus est une des plus anciennes divinités égyptiennes. C'est le dieu de l'azur, des espaces célestes. Le soleil et la lune sont ses yeux. Horus est représenté avec une tête de faucon coiffée du disque solaire. Dans la mythologie, Horus est le fils d'Osiris et d'Isis. Pour venger la mort de son père, il affronte son oncle Seth, le vainc et reçoit le trône d'Égypte en héritage. Horus devient alors le premier des pharaons. Mais Seth conteste sa légitimité. Lors du combat qui les oppose, Horus perd son œil gauche. (Les Égyptiens portent cet œil sous forme d'amulette aux vertus magiques.) Contrairement à Seth, qui symbolise la violence et le chaos, Horus incarne l'ordre, à l'image des pharaons.

## • Isis

Sœur et épouse d'Osiris, mère d'Horus, Isis est devenue la plus importante déesse du panthéon égyptien. Son culte est celui de la mère universelle. Déesse de la fécondité et de la féminité, elle est aussi magicienne, capable de repousser la maladie, de rendre vie mais également de provoquer la mort. Réfugiée dans les marais du delta pour y élever son fils, c'est par la magie qu'Isis sauva Horus, piqué par un scorpion.

## Les rites funéraires
### • L'embaumement
Après la mort, le corps est emporté dans une « maison de purification ». Un prêtre chirurgien éviscère le cadavre. Les organes sont embaumés, emmaillotés et placés dans des vases appelés canopes. Alors commence l'emmaillotage qui se fait par étapes. On entoure à l'aide de bandes de lin chaque membre. L'ensemble du corps est ensuite enveloppé dans une grande pièce de tissu. Enfin, un masque recouvre l'emplacement du visage ; celui de la reine est « incrusté de lapis-lazuli » (p. 101).

### • Le sarcophage
La momie est ensuite placée dans un sarcophage, dont les nombreux décors évoquent les rites funéraires et le monde des dieux. Leur richesse témoigne de la qualité du défunt.

### • Le caveau funéraire
La chambre funéraire est très fortement protégée. Au chapitre 8, Romain, Umberto et Ibrahim empruntent de longs couloirs, descendent des escaliers dangereux, traversent des précipices sur des passerelles branlantes, passent trois puits pour accéder au caveau de la reine. Sa chambre funéraire est remplie de trésors. À la page 100, nos trois amis y découvrent du mobilier funéraire : coffres, lits de parade, sièges, statues, masques en or, vases d'albâtre et le trésor précieux d'Hatshepsout (bracelets, colliers, pectoraux…).

## Les prédécesseurs du professeur Mancuso
Si le professeur Mancuso réussit à traduire les inscriptions murales indiquant l'emplacement de la tombe d'Hatshepsout, c'est grâce à Champollion qui est parvenu à déchiffrer les hiéroglyphes au XIXe siècle. Pour cela, il a utilisé la

pierre de Rosette, sur laquelle un texte en hiéroglyphes se trouvait transcrit en grec ancien et en démotique (langue considérée comme une simplification des hiéroglyphes et apparue au VIIe siècle avant Jésus-Christ).

Plus tard, Auguste Mariette découvrit le site du temple d'Hatshepsout. Il achèvera ses fouilles en 1896. Depuis, de nombreux égyptologues se sont succédé pour enrichir la connaissance de la civilisation égyptienne. Dans le même temps, des hommes peu scrupuleux de sauvegarder le patrimoine de l'humanité ont pillé les temples et les tombeaux comme l'a fait le faux professeur Mancuso.

Aujourd'hui, Ibrahim et les autres habitants du village de Cheikh Abd el-Gournah, qui entoure la vallée, se veulent les gardiens des tombes. Mais ils doivent faire face à des trafiquants bien organisés venus du monde entier comme Arbakos. Déjà, durant le Nouvel Empire, les prêtres étaient obligés de transférer les momies dans des caveaux collectifs afin de les protéger des pilleurs. De nos jours, ces trésors ont été classés au patrimoine mondial par l'Unesco.

Cédric Coraillon

Le papier de cet ouvrage est composé de fibres naturelles, renouvelables, recyclables et fabriquées à partir de bois provenant de forêts plantées et cultivées expressément pour la fabrication de la pâte à papier.

Photocomposition : Firmin-Didot

Loi n° 49-956 du 16 juillet 1949
sur les publications destinées à la jeunesse
ISBN : 978-2-07-061262-8
Numéro d'édition : 280872
Premier dépôt légal dans la même collection : février 1995
Dépôt légal : janvier 2015

Imprimé en Espagne par Novoprint (Barcelone)